F.X. 18 CHOISIT SON HEURE

DU MÊME AUTEUR

chez le même éditeur :

Sans issue.
Éclair en Z.
Équipe spéciale.
Commando secret.
Secteur dangereux.
Signaux dans l'ombre.
Poursuite à l'aube.
Lignes de force.
Face au traître.
Position clé.
Attaque invisible.
Sabotages sanglants.
Voyageurs secrets.
Services ennemis.
Expédition sans retour.
Les hommes de la nuit.
Renforts d'urgence.
Pas de preuves.
Dossier dynamite.
Message priorité.
S.O.S. situation intenable.
Courrier Balkans.
Dernier jour.
Information contre X...
Les mains libres.
État d'alerte.
F.X. 18 perd ses chances.
Dispositif mystère.
Coplan contre-attaque.
Banc d'essai.
Base d'attaque.
Antennes mortes.
Offensive incognito.
Coplan joue sa peau.
Défi aux ténèbres.
Coplan contre l'espionne.
Commando casse-cou.
F.X. 18 se défend.
Force de frappe.
Coplan riposte.
Indicatif F.X. 18.
F.X. 18 doit sauter.
Coplan bouscule le Vieux.
Ordres secrets pour F.X. 18.
Coplan frappe à la tête.
Coplan coupe les ponts.
Coplan fonce au but.
Barrage à Bogota.
Coplan dans le labyrinthe.
Coplan sur la corde raide.
Complot pour demain.
Coplan revient de loin.
Coplan à l'affût.
Coplan fait coup double.
Coplan vise haut.
Coplan rend coup pour coup.
Coplan vide son sac.
F.X. 18 joue avec le feu.
Les rendez-vous de Coplan.
Coplan fait mouche.
La nuit de Coplan.
F.X. 18 change de piste.
Des sueurs pour Coplan.
Coplan traque le renard.
La pitié de Coplan.
Coplan prend parti.
Coplan va jusqu'au bout.
Mission Rangoon pour F.X. 18.
Un diplomate nommé Coplan.
Singapour appelle Coplan.

Aux Presses de la Cité :

Coups durs.
Étau sans pitié.
Exécution sommaire.
Manœuvres nocturnes.
Stoppez Coplan.
Casse-tête pour Coplan.
Les silences de Coplan.
Coplan mène la danse.
Coplan paie le cercueil.
Coplan fait peau neuve.
Coplan met le feu aux poudres.
Coplan fait ses comptes.
Coplan contre-attaque.
Coplan frappe à la tête.
Coplan ouvre le feu.
Coplan sort ses griffes.
Coplan redresse la barre.
Coplan dans la guérilla.
Coplan prend le large.
Coplan part en croisière.
Plan traquenard.
Coplan et le bataillon fantôme.
Agent de choc.

Dans la collection « Kenny » :

Coplan fait école.
Ville interdite.
Recours au meurtre.
Attention : radar.
Patrouille noire.
Le rapport secret de Coplan.
Coplan a la dent dure.
Coplan va trop loin.
Coplan a le dernier mot.
F.X. 18 ne perd pas le Nord.
Les démons de Bali.
Coplan sème la panique.
Coplan se venge.
Coplan se méfie.
Écueil à Recife.
Les cibles de la nuit.
Au nom des victimes.
L'ombre et la solitude.
La peur des autres.
Rendez-vous à Malmö.
Consigne impitoyable.
Envoyez F.X. 18.
F.X. 18 en difficulté.
La java de Coplan.
Coplan attire la foudre.
Diplomatie de la terreur.
Sans foi ni loi.
Coplan fait des siennes...
Enjeu tragique.
Les astuces de Coplan.
F.X. 18 corrige le tir.
Raid 59.
Deux filles, du fric et des bombes.
Le dragon de jade.
Les poignards de Chiraz.
Le Grec de Dakar.
L'atome sur la gorge.
La Vénus de Kyoto.
F.X. 18 doit sauter.
Guet-apens pour F.X. 18.
Les tentations de la violence.
Action immédiate.
Coplan brûle les étapes.
Feu vert pour Coplan.
Coplan monte en ligne.
Le bastion du Pacifique.
Coplan va de l'avant.
Coplan connaît la musique.
Exécutions sommaires.
Tous contre Coplan.
Pas de miracle pour l'espion.
Coplan fonce au but.
Des sirènes pour F.X. 18.

Le fracas des armes.
Les sentiers de la haine.
Les vertiges de la peur.
Le piège de Mandalay.
Réseau Apocalypse.
La Guyane pour Coplan.
Éclair en Z.
Coplan coupe les ponts.
Barrage à Bogota.
Coplan dans le labyrinthe.
Escalade du mépris.
Les requins et les loups.
Mercenaires de l'absurde.
Le secret bleu.
Contacts Est-Ouest.
Coplan se révolte.
Coplan brouille les cartes.
Coplan tente sa chance.
Fanatismes dans l'ombre.
Alerte à Trivandrum.
Opération Janus.
Les beautés de Kinshasa.
Coplan préfère la bagarre.
Trahison aux enchères.
Projet terreur.
Coplan sauve la mise.
Derrière les masques.
Coplan met les bouchées doubles.
Le temps des vendus.
F.X. 18 relève le gant.
Jouez serré, M. Coplan.
L'étrange duel de Coplan.
La ronde des tueurs.
Un piège en Asie.
Huis clos pour F.X. 18.
Le vieux gagne la belle.
Coplan roule sur l'or.
Coplan dans la fournaise.
L'odeur exquise du dollar.
Dans l'œil du cyclone.
Les rendez-vous de Coplan.
La nuit de Coplan.
Coplan traque le renard.
La pitié de Coplan.

PAUL KENNY

F.X. 18 CHOISIT SON HEURE

ÉDITIONS FLEUVE NOIR
6, rue Garancière - PARIS VIe

Édition originale parue dans notre collection : Espionnage, sous le numéro 775.

ISBN 2-265-02749-9

L'auteur tient à préciser que toute ressemblance entre certains personnages présentés ici et des personnes vivantes ou ayant vécu ne pourrait être que le fait d'une coïncidence. De même, l'interprétation de certains événements ne relève que de la fiction romanesque. L'auteur décline toute responsabilité à cet égard et rappelle qu'il s'agit ici d'une œuvre de pure imagination.

Paul KENNY.

CHAPITRE PREMIER

Tout en lisant son journal, Francis Coplan, les traits impassibles, observait du coin de l'œil la jeune femme assise à côté de lui, près du hublot, dans l'avion qui volait vers Belgrade.

Elle s'appelait Lisa, elle était blonde et elle avait vingt-six ans. Ni laide ni jolie. Ses yeux gris-bleu, peu expressifs, cadraient bien avec son visage ovale et régulier, placide, plutôt insignifiant. Vêtue avec simplicité — elle portait un tailleur gris, légèrement démodé —, elle lisait avec application un roman de Zola en édition de poche.

Coplan ne savait rien d'elle, sinon qu'elle était d'origine serbe, qu'elle avait quitté la Yougoslavie à l'âge de 17 ans pour d'obscures raisons de famille, et qu'elle travaillait depuis quatre ans à Marseille pour le S.D.E.C. (1). Il avait fait sa connaissance une semaine auparavant, lorsque le

(1) S.D.E.C. : Service de documentation extérieure et de contre-espionnage. Organisme français de Renseignement, devenu depuis D.G.S.E. Direction générale de la Surveillance Extérieure.

Vieux les avait réunis dans son bureau pour leur exposer les objectifs de leur mission — baptisée Opération R.E.C. —, mission au cours de laquelle ils allaient faire équipe.

Le Vieux avait brièvement motivé son choix en disant :

— Vous, Coplan, votre désignation est une nécessité absolue, puisque vous êtes le seul agent du Service ayant rencontré personnellement Stefan Lucar. Vous, Lisa, je fais appel à vous pour plusieurs raisons ; tout d'abord, parce que vous m'avez proposé à maintes reprises de travailler là-bas, et aussi parce que vous êtes une spécialiste de ce secteur, parce que vous êtes au courant de nos problèmes dans cette zone politique et parce que vous parlez le serbo-croate.

Il avait ajouté tranquillement, le nez dans ses papiers :

— Pour la circonstance, vous serez mari et femme. Vos passeports ont été établis dans ce sens. Un couple d'aspect bourgeois attire moins l'attention.

Lisa n'avait pas bronché. Sérieuse, attentive, elle n'avait manifesté ni étonnement, ni enthousiasme, ni réprobation.

Le Vieux, entrant alors dans le vif de son sujet, avait longuement analysé les éléments de base de l'Opération R.E.C., opération dont il avait souligné l'importance et la gravité dans la conjoncture actuelle.

Les choses en étaient donc là : Coplan et sa blonde voisine, devenus M. et Mme François Carpin, domiciliés à Paris, avenue Niel, mariés depuis six ans, voguaient vers Belgrade. Le soi-disant François Carpin, haut fonctionnaire au ministère des Affaires économiques, se rendait dans la capitale yougoslave afin de mettre au point la visite officielle que devait y faire, dans le courant de mai, une délégation composée d'une trentaine d'industriels français désireux de promouvoir les échanges commerciaux franco-yougoslaves jugés insuffisants.

Bien entendu, l'Opération R.E.C., c'était une autre histoire.

Ce n'était certes pas la première fois que Coplan se voyait gratifié — pour des motifs de *couverture* en territoire étranger — d'une pseudo-épouse. Mais, généralement, dans ces cas-là, sa partenaire désignée était une fille de son équipe, une fille avec laquelle il avait l'habitude de travailler et à laquelle le liaient des liens d'amitié, d'intimité. Cette fois, au contraire, il se trouvait subitement attelé avec une inconnue, ce qui ne manquait pas de piquant.

Délaissant son journal, Coplan alluma une Gitane. Non sans humour — et, qui sait ? avec un rien de nostalgie inconsciente, peut-être —, il laissa vagabonder son imagination : ce mariage factice, inventé par le Vieux pour les besoins du Service, les hasards de la vie auraient fort bien pu en faire une réalité, pourquoi pas ?

« Lisa m'aurait donné des enfants. Un garçon et une fille, naturellement. Le garçon aurait cinq ans. Il serait blond, comme elle, et il s'appellerait Paul... Paul Coplan. J'aurais demandé à mon vieil ami Kenny d'être son parrain. La fille aurait trois ans. Elle se prénommerait Anne. Le garçon serait un bonhomme espiègle et bagarreur comme son père, la fille serait une petite bonne femme sérieuse et grave comme sa mère... »

Entraîné par ces divagations saugrenues, Francis se tourna vers sa collègue. Lisa, plongée dans son roman, lui parut soudain différente. A sa manière, elle était belle. Ses traits si calmes, si réservés, avaient quelque chose de noble, de pur. La ligne du front, de la joue, du menton et du cou formait un dessin d'une perfection subtile. On était loin de l'image sophistiquée d'une pin-up, cela va sans dire. Un être secret, fermé sur son mystère. Sa nuque, à la fois fine et solide, révélait seule un tempérament ardent et une densité charnelle soigneusement cachés, maîtrisés.

Troublé, Francis ne put s'empêcher de penser que personne n'aurait pu se douter que cette voyageuse en tailleur gris, silencieuse, effacée, banale, était une combattante de la guerre du Renseignement, qu'elle allait au-devant des pires dangers et qu'elle y allait en pleine connaissance de cause.

Il eut presque honte de la bouffée de tendresse qu'il sentit monter en lui, et il écrasa sa cigarette dans le cendrier de son accoudoir.

***

Il était exactement 20 h 20 quand l'avion se posa sur la piste de l'aéroport de Belgrade.

Un employé de l'ambassade, un jeune homme aux cheveux bruns, repéra tout de suite, parmi le flot des arrivants qui faisaient la queue devant les comptoirs où officiaient les contrôleurs de la police, les deux Français dont on avait dû lui communiquer le signalement.

Grâce à son intervention, Coplan et Lisa passèrent en priorité devant le policier en civil qui examinait les passeports. Quant à la formalité réglementaire de la vérification des bagages par la douane, elle fut tout simplement escamotée.

Le jeune homme aux cheveux bruns se présenta :

— Je m'appelle Victor Novic, et je suis l'adjoint de M. Daraux. C'est M. Daraux qui m'a chargé de vous accueillir et de vous conduire à votre hôtel. Voici un message pour vous.

Coplan décacheta l'enveloppe. Elle contenait une lettre écrite à la main par Pierre Daraux, l'un des membres de la mission commerciale française à Belgrade.

Cher ami,

N'étant pas libre ce soir, j'ai prié mon adjoint de s'occuper de vous.

J'espère que vous ne m'en voudrez pas pour l'hôtel. Comme Belgrade fête en ce moment la fondation du Parti, les congressistes sont venus en masse et j'ai eu toutes les peines du monde à vous dénicher une chambre.

Les entrevues avec les officiels yougoslaves ont été fixées au lundi, à dix heures du matin. Je me ferai un plaisir de vous prendre à votre hôtel, demain samedi, vers onze heures, pour vous faire découvrir la ville.

Mes respects à Mme Carpin.

P. DARAUX.

Francis donna la lettre à son épouse afin qu'elle puisse en prendre connaissance, après quoi il glissa la missive et l'enveloppe dans sa poche.

Novic héla un porteur, lui désigna les deux valises du ménage Carpin. Puis, s'adressant à Coplan :

— Venez, la voiture nous attend à la sortie.

Ils traversèrent le hall où la foule, peu nombreuse et peu bavarde, affichait un calme surprenant. On se serait cru dans une petite ville de province.

Dehors, la nuit d'avril était fraîche. Des lampadaires électriques éclairaient les vastes pelouses vertes et les massifs fleuris qui entouraient le bâtiment ultra-moderne de l'aérogare, élégante cage de verre. Des douzaines de drapeaux rouges flottaient au sommet des mâts blancs alignés devant la façade principale.

Coplan et Lisa furent invités à monter dans une Peugeot noire qui portait le sigle du corps diplomatique. Le chauffeur en casquette noire rangea les valises dans le coffre.

La voiture démarra.

Novic, installé à côté du chauffeur, se retourna et dit :

— Votre hôtel n'est pas très moderne, mais il a un avantage : il est à deux pas de Terazije, qui est le cœur de la ville. Etes-vous déjà venus à Belgrade ?

— Non, mentit Coplan, c'est la première fois.

— C'est une ville qui n'est pas difficile à connaître, assura le jeune homme en souriant. Vous verrez, au bout de quelques heures, on s'y retrouve aisément. Ce n'est pas comme à Paris.

Novic avait raison, Belgrade n'est pas une ville compliquée. C'était la quatrième fois que Francis y venait en l'espace de dix ans, mais il se rappelait parfaitement que, lors de son premier séjour, bien qu'il fût seul, la ville ne lui avait pas posé de véritable problème d'orientation.

Cette fois-là, investi d'une mission particulièrement délicate, il avait connu des débuts pénibles qu'il n'était pas près d'oublier ! Alors qu'il nageait en pleine volupté amoureuse en compagnie d'une ravissante Croate qui se nommait Blatcha, il s'était fait assommer par les hommes de main d'un réseau adverse (1).

Dans son for intérieur, il pensa, amusé, qu'il était à l'abri d'une telle mésaventure, puisqu'il était flanqué de sa respectable moitié.

Les vingt kilomètres qui séparent la capitale yougoslave de son aéroport furent couverts en une demi-heure. Quand la Peugeot stoppa, Coplan se pencha, curieux de découvrir le nom de l'hôtel où Pierre Daraux les avait casés. Il aperçut l'enseigne : *Moskva.*

Ce nom ne lui disait rien, mais il fut sur le point de faire la grimace. L'aspect de la façade et de

(1) Voir : *Courrier Balkans*, du même auteur.

l'entrée annonçait un établissement de la catégorie B.

Ils débarquèrent.

Toujours en compagnie du zélé Novic, ils se firent inscrire au comptoir de la réception où ils durent remettre leurs passeports. Un jeune employé de l'hôtel les conduisit alors au premier étage et leur ouvrit la chambre qui leur était destinée.

A tout prendre, c'était moins grave qu'on ne pouvait le craindre. La pièce était grande, haute de plafond, bien chauffée. Les deux fenêtres donnaient sur l'avenue des Balkans. La décoration et les meubles étaient désuets, mais la salle de bains était propre.

Novic s'excusa derechef :

— C'est un peu vieux jeu, évidemment, mais c'est quand même spacieux et confortable.

Coplan nota une chose qui le laissa rêveur : le lit en faux Louis XVI était imposant, mais c'était un lit à deux places.

Lisa, qui n'avait pas desserré les dents depuis sa descente d'avion, rassura Novic.

— C'est très bien, dit-elle. Les deux armoires sont grandes, et il y a de la place pour ranger ses affaires.

Le bagagiste s'amena avec les valises.

Novic, avant de prendre congé, expliqua :

— Vous pouvez dîner au restaurant de l'hôtel, la cuisine est correcte. Si vous préférez aller au restaurant, je peux vous conduire au *Dedinje,* au boulevard du Maréchal Tito.

Coplan esquissa une moue teintée de bonhomie.

— C'est très gentil de votre part, mais nous nous contenterons de la cuisine de l'hôtel. Merci de nous avoir sacrifié votre soirée.

— C'est la moindre des choses, dit Novic.

Coplan lui serra la main. Lisa fit de même, et il se retira.

Lorsqu'ils furent seuls, Francis alluma une Gitane.

— Bon, fit-il en se tournant vers Lisa, je propose que nous commencions par aller dîner. Nous nous occuperons des valises plus tard.

— D'accord, acquiesça-t-elle. Je me lave les mains et je suis à toi.

Dix minutes plus tard, ils étaient attablés dans la grande salle à manger de l'établissement et le maître d'hôtel, le carnet à la main, attendait la commande.

Ils optèrent sans tergiverser pour le *kapama*, autrement dit le ragoût d'agneau à la serbe. Qu'ils arrosèrent d'une bouteille de Plavac, un excellent vin rouge de Dalmatie.

En guise de dessert, on leur servit un gâteau à la crème dont la saveur exquise les enchanta.

Après ce repas, ils firent une courte promenade à pied jusqu'à Terazije. L'immense place rectangulaire était pour ainsi dire déserte. Les Yougoslaves se couchent tôt, étant donné que leur journée de travail commence généralement à sept heures du matin.

Les néons multicolores animaient les toits et

les façades des lourds bâtiments qui s'érigeaient de part et d'autre de la large artère.

Lisa, pendue au bras de son mari, contemplait au passage les vitrines éclairées. Elle ne disait mot. Coplan se demanda si ça lui faisait quelque chose de se balader ainsi, incognito, dans la capitale de son pays natal.

Ils poussèrent jusqu'au building Albania, puis ils firent demi-tour et ils regagnèrent le *Moskva*.

Dès qu'ils furent dans la chambre, Coplan, conditionné par ses réflexes de célibataire endurci, voulut ranger ses effets. Lisa, lui saisissant le bras d'un geste affectueux, prononça :

— Laisse, chéri, j'aime mieux ranger moi-même. Prends ta douche et mets-toi au lit.

Elle ôta la veste de son tailleur, la suspendit au portemanteau mural de l'entrée, empoigna la première des deux valises.

Avec un naturel parfait, elle se mit à répartir dans les deux grandes armoires les costumes et le linge de son mari, puis ses propres robes et autres effets.

De toute évidence, elle se mettait bien dans la peau de son personnage. Avait-elle déjà vécu avec un homme ? Oui, probablement. Cette façon à la fois machinale et soigneuse de disposer sur les planches des armoires les chemises, les slips, les mouchoirs et les chaussettes de son compagnon en disait long.

Coplan s'enferma dans la salle de bains pour prendre sa douche.

Il avait beau s'en défendre, cette première nuit conjugale le tarabustait quelque peu. Lisa n'avait pas abordé ce sujet, et c'était bien étrange. En tout cas, maintenant, c'était trop tard. Comme les chambres d'hôtel sont fréquemment truffées de micros, il n'était plus question, pour M. et Mme Carpin, d'entamer une discussion destinée à fixer les modalités de leurs relations intimes.

Mais le plus cocasse, dans cette histoire, c'est que Francis commençait à se rendre compte qu'il désirait Lisa.

Sous le jet chaud de la douche, il se morigéna. Somme toute, elle ne correspondait absolument pas à son idéal féminin.

Il ouvrit le robinet d'eau froide.

Quand il sortit de la salle de bains, une serviette blanche nouée autour des reins, Lisa murmura :

— A mon tour.

Elle était nue. Elle avait plié avec soin sa jupe, sa combinaison, sa culotte et ses bas sur une chaise.

Coplan ressentit une légère crispation au creux de l'estomac. Dévêtue, Lisa était splendide. Comme toutes les filles aux formes vénusiennes, les vêtements ne l'avantageaient pas. Dans la demi-lumière de la chambre, sa nudité était comme un fruit pulpeux, gonflé de douceur et de sève, modelé d'ombres suaves. Ses seins, d'une blondeur limpide, étaient fermes. Leur pointe rose, minuscule, avait quelque chose de candide évoquant un bijou précieux, fragile et rare, d'une sensibilité raffinée.

Elle se retourna pour prendre sa trousse de toilette qu'elle avait préparée.

Deux fossettes adorables ornaient son dos lisse, ajoutant une note tendre au galbe superbe de sa croupe ronde.

Resté seul devant le lit, Coplan, perplexe, alluma une cigarette.

En voyage, il emportait toujours un pyjama, bien qu'il eût l'habitude de dormir nu, hiver comme été.

« Tant pis, décida-t-il. La pudeur n'est pas de mise entre mari et femme. »

Il se débarrassa de sa serviette de toilette, se glissa entre les draps frais, acheva tranquillement sa cigarette. Celle-ci terminée, il éteignit sa lampe de chevet.

Il avait pris la place de droite dans le lit, de manière à avoir Lisa à sa gauche, suivant en cela la recommandation du poète grec qui explique : la main droite de l'homme, plus habile et plus résistante que la main gauche, demeure ainsi disponible.

Dix minutes s'écoulèrent. Enfin, le bruit de la douche cessa.

Lisa apparut quelques instants plus tard, toujours nue et toujours taciturne.

Elle enfila une chemisette transparente qui lui arrivait à mi-cuisses, se coucha, éteignit sa lampe de chevet.

Un silence étrange, insolite, plana dans la chambre noyée de ténèbres.

Après un moment, Lisa remua son bras droit, chercha d'une main tâtonnante la main de Francis, l'étreignit avec une ferveur à la fois profonde et pudique. Puis, comme cette main rude et virile ne se dérobait pas, elle l'attira doucement pour l'amener au centre brûlant de sa chair et elle ne bougea plus.

Ce geste d'offrande et d'abandon troubla Coplan.

Lisa, intuitive comme le sont les vraies femmes, avait deviné ce qui se passait en lui et, d'emblée, elle dissipait toute équivoque. Sans simagrées, sans agressivité déplaisante ni pudibonderie absurde, elle faisait l'aveu de son propre désir, de sa soumission, laissant néanmoins à son compagnon sa plus entière liberté.

Un torrent de feu déferla dans les veines de Francis. Brusquement libéré de la gêne insidieuse qui l'avait bridé, son désir s'embrasa.

***

En définitive, ce faux mariage manigancé par le Vieux fut célébré par une authentique nuit de noces.

Et les micros éventuels enregistrèrent les soupirs et les gémissements d'une épouse qui, de toute évidence, n'était pas blasée quant au chapitre de ce qui s'appelle le devoir conjugal.

CHAPITRE II

Fidèle à sa promesse, Pierre Daraux s'amena le lendemain matin, à onze heures, au volant de sa voiture personnelle, une Peugeot grise.

Alertés par téléphone, Coplan et Lisa rejoignirent aussitôt leur compatriote dans le hall.

Pierre Daraux était un long type maigre à lunettes, aux cheveux châtains, à la bouche un peu pincée. Agé de trente-cinq ans, le geste vif et nerveux, il affichait une désinvolture, un flegme, un détachement que toute sa personne démentait.

Il serra la main de Lisa, puis celle de Francis, et il demanda à mi-voix :

— Pas trop déçus ? Cet hôtel est moche, mais c'était complet au *Metropol*, et c'est encore ce que j'ai trouvé de mieux.

Coplan répondit :

— Ne vous faites pas de mauvais sang pour cela, nous sommes très bien installés.

— Vous êtes vernis, reprit Daraux, il fait un temps magnifique pour la saison. Venez, je vais vous montrer la ville.

Effectivement, un soleil radieux brillait dans le ciel d'un bleu tendre, et la température était presque estivale.

Lisa prit place à côté de Daraux dans la Peugeot, tandis que Coplan s'installait sur la banquette arrière.

— En réalité, plaisanta Daraux en se tournant vers Lisa, il n'y a rigoureusement rien à voir à Belgrade. La ville a été démolie une première fois au cours de la guerre 14-18 et une seconde fois au cours de la dernière guerre. Comble d'infortune, elle a été reconstruite dans le plus pur style des démocraties socialistes, et on ne voit plus que de lourdes bâtisses qui n'ont ni grâce ni personnalité.

La Peugeot démarra, prit la direction de Terazije.

Daraux — qui ne savait rien de Lisa, sauf qu'elle n'était pas la femme de Coplan — enchaîna :

— Le seul charme de Belgrade, c'est sa situation au confluent du Danube et de la Save, et sa richesse en espaces verts... Ici, c'est Terazije, l'équivalement des Champs-Elysées. Cette avenue, c'est l'avenue du Maréchal Tito, et ce bâtiment, c'est l'Hôtel de Ville.

Au gré d'un itinéraire qu'il avait l'air de connaître par cœur, l'attaché commercial signala les édifices qui méritaient une mention.

Lorsqu'ils contournèrent la place Marx et Engels, Daraux commenta, en indiquant un énorme bâtiment rond, orné de drapeaux rouges et de gigantesques portraits de Lénine :

— C'est le siège du parti communiste yougoslave. C'est là que se tient en ce moment le grand congrès national.

Il y avait beaucoup de monde sur la place. Des autobus rouges et des trolleys verts étaient englués dans une circulation plus intense que partout ailleurs.

Lisa fit remarquer :

— Les gens sont bien habillés, et il y a beaucoup de voitures.

— Oh ! la Yougoslavie ne se défend pas mal ! affirma Daraux. De toutes les fédérations socialistes de l'Est, c'est sûrement la plus prospère ! Les gens ne sont ni misérables ni malheureux. Et ils ont le moral, croyez-moi !

Coplan questionna :

— Dans quelle mesure sont-ils encore communistes ?

— A part les profiteurs du régime et les vieux militants de l'appareil, la ferveur communiste, c'est déjà le passé... Les jeunes se tournent vers les Etats-Unis, et ils ne s'en cachent pas. Bien entendu, la hargne de Moscou n'arrange rien. Les Russes sont furibonds quand ils voient les Bulgares et les Roumains qui viennent ici pour faire du *shopping*. Heureusement, Tito était un grand bonhomme qui ne manquait ni d'intelligence ni de courage. Le jour où l'ours du Kremlin voudra mettre la patte sur ce pays, la population prendra le maquis.

— Ce jour-là, marmonna Francis, la planète serait mise à feu et à sang. C'est ça le problème, précisément.

Daraux ne répondit pas.

Après un long détour par les nouveaux quartiers de la célèbre Foire commerciale de Belgrade, où l'urbanisation allait bon train, la Peugeot grimpa en direction de l'inévitable forteresse de Kalemegdan dont les murailles séculaires dominent la cité et que tous les touristes connaissent.

Daraux abandonna la voiture au pied de la courte rampe qui mène à l'entrée de la citadelle.

En voyant les deux grosses tours rondes à créneaux, Coplan pensa : « *Le facteur sonne toujours deux fois.* » Quelques années auparavant, il avait franchi ce même pont-levis pour rencontrer, dans le jardin public, un correspondant du S.D.E.C. qui, aujourd'hui, n'était plus de ce monde.

Ayant payé le droit d'entrée, les trois Français pénétrèrent à l'intérieur de la citadelle. Daraux, avec une pointe d'ironie, murmura :

— Quand je fais le guide touristique, je commence toujours par la vue sur le Danube.

— Cela vous arrive souvent ? s'enquit Francis.

— Je suis de corvée au moins une fois par semaine. Chaque fois qu'une grosse légume s'amène ici de Paris, c'est moi qui suis chargé de faire les honneurs de la ville.

— Merci pour la corvée, raille Coplan.

— Je parle sur un plan général, dit Daraux. Dans le cas présent, ce n'est pas pareil. Il s'agit de mon véritable boulot.

Il ajouta :

— Remarquez, je ne me plains pas. Les petits

malins de la K.O.S. (1) connaissent mon rôle de cicérone et ils me laissent tranquille.

Ils étaient arrivés sur une esplanade d'où la vue, d'une fantastique beauté, englobait la courbe majestueuse du Danube à l'endroit de sa jonction avec la Save.

Devant cet immense panorama, on ressentait d'une manière presque physique l'importance stratégique de la Yougoslavie, véritable charnière où s'articulent deux mondes : l'Occident et les plaines sans fin de la steppe.

Coplan glissa un regard vers Lisa. Celle-ci, visiblement remuée par ce spectacle qui devait toucher en elle des fibres ancestrales, contemplait en silence l'admirable spectacle. Un imperceptible frémissement de ses lèvres trahissait son émotion secrète.

Francis se fit la réflexion que Lisa était en quelque sorte à l'image du Danube : elle aussi, sous des dehors placides, cachait l'ardeur d'un sang épais et généreux.

Daraux, après avoir jeté un coup d'œil à la ronde, prononça sur un ton confidentiel :

— Promenons-nous dans le parc, et venons-en aux choses qui nous intéressent. J'ai réussi à contacter, non sans peine, le jeune Michel Kosic. Sa décision est irrévocable : c'est non, non et non. Il ne veut plus entendre parler de nous et il refuse de vous rencontrer.

(1) K.O.S. : police politique yougoslave, responsable, entre autres, des opérations de contre-espionnage.

— Pourquoi ? grommela Coplan sans remuer la bouche.

— Il me l'a avoué sans fausse honte : il a eu trop peur, et il a réalisé qu'il n'était pas fait pour ce métier. En fait, il a vécu pendant des mois et des mois dans les transes et il en a été malade.

— Le courage, ce n'est pas de ne pas avoir peur, c'est de surmonter sa peur, dit Coplan, amer. Mais enfin, à chacun selon ses moyens. Vous a-t-il donné les coordonnées de Stefan Lucar ?

— Il a eu une brève entrevue clandestine avec Lucar quand celui-ci est sorti de prison, c'est-à-dire aux environs du 15 mars, il y a donc un mois ; Lucar lui a annoncé son intention de quitter définitivement Belgrade sans indiquer où il comptait aller. Par ailleurs, il a vivement conseillé à Kosic de ne plus jamais s'occuper de Renseignement.

Coplan, soucieux, hocha la tête en silence.

Un groupe de touristes passa dans l'allée, se dirigeant vers une petite chapelle vétuste qui s'érigeait entre les pelouses.

Daraux lança un clin d'œil à Francis et suggéra :

— Profitons de l'aubaine pour visiter la chapelle. Elle est rarement ouverte au public... C'est l'ancienne chapelle orthodoxe de la garnison militaire.

Ils entrèrent dans le minuscule sanctuaire en compagnie des autres curieux. A l'exception d'un lustre fabriqué jadis par un soldat aussi ingénieux que pieux — lustre composé de sabres et de balles de fusil —, l'endroit était sans intérêt.

Ils reprirent leur promenade, choisissant des sentiers déserts.

Daraux renoua la conversation :

— Quand je suis allé à Paris, il y a quinze jours, j'ai longuement exposé la situation au Vieux. Mais il est têtu comme une bourrique et il ne veut pas admettre que le réseau Lucar est mort et enterré, qu'il faut passer l'éponge, repartir de zéro.

Coplan haussa les épaules, ricana entre ses dents :

— Vous débloquez, Daraux. Vous savez très bien que c'est impossible et impensable. Dans notre spécialité, *on ne passe jamais l'éponge.* Quant à repartir de zéro, ça demande des mois et parfois des années. Or, nous ne pouvons pas rester sans informations, *surtout en ce moment.*

— Les faits sont les faits, répliqua Daraux. En admettant même que je débloque, vous reconnaîtrez que nous sommes dans une impasse. Quelle était l'idée du Vieux en vous envoyant ici ?

— C'est justement parce que nous sommes dans une impasse, comme vous le dites si justement, qu'il nous a envoyés, laissa tomber Francis.

— Je regrette qu'il ne soit pas rallié aux arguments que j'ai fait valoir lors de l'entretien que j'ai eu avec lui à Paris. Notre seule carte, en ce moment, c'est la patience.

Coplan grommela :

— Comme tous les diplomates, vous sous-estimez les responsabilités du Vieux, Daraux. Si le Service se contentait des informations transmises au Quai d'Orsay, il pourrait fermer boutique. Il y a dix-huit mois, nous avions dans ce pays un réseau et deux correspondants qui faisaient de l'excellente besogne. Malheureusement, nos correspondants sont décédés et le réseau a été démantelé. Bref, le Service n'a plus de liaison directe, personnelle. Or, dans une période comme celle que le monde traverse, une telle lacune peut avoir des conséquences catastrophiques. L'état de crise, de tension, qui règne au sein du bloc communiste peut déboucher d'un instant à l'autre sur une déflagration à l'échelle mondiale. La Yougoslavie, située exactement au point d'équilibre où s'affrontent les influences politiques qui se partagent la planète, est le baromètre idéal du monde. Le sismographe, si vous aimez mieux. Il nous faut ici une antenne puissante et bien placée qui nous renseignera au sujet des convulsions ayant leurs origines à Moscou ou à Washington.

— Et c'est pour installer cette antenne que vous êtes ici ?

— Oui.

— Quels sont vos projets immédiats ?

— Pour commencer, tirer au clair ce qui a provoqué la destruction et la dispersion du réseau Lucar. Ensuite, quand je saurai à quoi m'en tenir, tenter une opération de récupération.

— A mon avis, vous allez au-devant d'un échec. Néanmoins, je vous souhaite bonne chance. En quoi puis-je vous être utile ?

— Je comptais sur vous pour me mettre en

contact avec Stefan Lucar ou, à son défaut, avec Michel Kosic.

— Je vous répète qu'il refuse tout contact.

— Je ne peux pas tenir compte de ce refus. Je verrai Kosic, qu'il le veuille ou non. Habite-t-il toujours à Zvezdara ?

— Non. Quand Lucar a été arrêté, tous les membres de son réseau se sont empressés de changer de quartier. Kosic s'est installé dans un appartement de Palilula, mais j'ignore son adresse exacte.

— Comment avez-vous pu le joindre, alors ?

— J'avais appris qu'il avait quitté son emploi à l'Office du Tourisme et qu'il était devenu chef de service dans un bureau de l'agence Nikeli, rue Dimitrova. C'est en le cueillant à la sortie de son bureau que j'ai pu lui parler.

— Parfait, opina Francis. Je pense que nous pouvons mettre fin à notre promenade et rentrer à l'ambassade pour examiner les entrevues officielles de lundi.

*
* *

Le lendemain, dimanche, Coplan loua une voiture et ils firent, Lisa et lui, une longue virée dans les merveilleuses campagnes qui entourent Belgrade. Lisa ne se lassait pas de contempler le Danube.

Le lundi et le mardi, le soi-disant François Carpin fut très occupé par les fonctionnaires yougoslaves des divers ministères qui étaient concernés par la visite prochaine des industriels français.

Pendant ce temps, Mme Carpin occupait ses loisirs à flâner dans la ville. Le mardi soir, vers 19 heures, quand Francis retrouva Lisa dans leur chambre du *Moskva,* elle lui tendit un papier sur lequel elle avait écrit :

56, rue du Docteur Ivkovica, deuxième étage.

Francis hocha la tête, alla brûler le papier dans la cuvette du w.-c. et tira la chasse d'eau. Ensuite, tout en se préparant pour le dîner, il échangea avec son épouse des propos sans importance, propos qu'un auditeur éventuel aurait jugés parfaitement normaux dans de telles circonstances.

Après le dîner, comme chaque soir, le ménage Carpin fit une promenade à pied. Mais, cette fois, leur balade digestive conduisit Francis et Lisa jusqu'au bout du boulevard Jna. Et, tandis que Lisa déambulait autour du stade, Coplan bifurquait dans la rue du Docteur Ivkovica.

L'immeuble qui portait le numéro 56 était une bâtisse à logements multiples, une espèce de caserne grise, haute de six étages, comportant une moyenne de quatre appartements par étage.

Comme dans la plupart des H.L.M. de construction relativement récente, le bâtiment avait une seule entrée pour tous les locataires, entrée qui restait ouverte en permanence.

Coplan grimpa au second, repéra la porte palière dont la sonnerie était agrémentée d'une plaquette de plastique gravée au nom de M. Kosic. Il appuya résolument sur le bouton.

Francis, qui avait vu la photo de Kosic sur une

fiche du Service, se sentit soulagé en découvrant le visage du jeune homme qui venait d'ouvrir l'huis. Kosic était plutôt petit, maigre, étriqué, avec un fin visage d'intellectuel et des yeux bruns, inquiets derrière des lunettes à monture dorée.

— Excusez-moi de vous déranger, murmura Coplan à mi-voix, en français. Je suis envoyé par l'agence *Costour.*

L'énoncé de ce mot *Costour,* qui avait été le mot de passe du réseau Lucar, fit tressaillir le Yougoslave. Il dévisagea le visiteur d'un air à la fois anxieux et décontenancé.

— Euh !... Je ne... Entrez, bégaya-t-il, vaguement paniqué.

Coplan ne se fit pas répéter l'invitation. S'avançant résolument, il pénétra dans un hall minuscule, repoussa d'une main amicale mais ferme Michel Kosic qui restait immobile dans l'entrée, comme médusé.

Après avoir refermé la porte, Francis passa un bras fraternel autour des épaules étroites du jeune homme et chuchota :

— Vous n'avez aucune raison d'avoir peur, Kosic. Avant de partir, je me suis assuré que votre domicile n'était pas surveillé et j'ai pris les précautions d'usage.

— Vous êtes l'émissaire dont M. Daraux m'avait parlé ?

— Oui. Je sais que vous ne vouliez pas me rencontrer, mais je ne pouvais pas tenir compte de votre refus. J'ai besoin de vous.

Le Yougoslave entraîna Coplan dans la salle de

séjour, une pièce carrée, meublée d'une façon très modeste, où des livres, des magazines et des prospectus de voyage, dispersés sur la commode et sur le divan, mettaient une note de désordre et de fantaisie.

— Vous n'auriez pas dû venir, maugréa-t-il sourdement. Je ne veux plus m'occuper de rien, ma décision est irrévocable.

— Je comprends très bien votre attitude, et je n'ai pas l'intention de vous forcer la main. Mais il ne s'agit pas de l'avenir, *il s'agit du passé.*

— Pour moi, le passé est mort.

— Pas pour nous ! renvoya Coplan d'une voix plus âcre. Maintenant que Stefan est de nouveau libre, nous voulons savoir ce qui s'est passé. Vous avez revu Stefan après sa sortie de prison, n'est-ce pas ?

— Oui, il m'a abordé dans la rue, un soir, mais nous ne sommes restés que quelques minutes ensemble. Il voulait seulement me voir pour me dire de renoncer à tout jamais à ce genre d'activités, d'écarter impitoyablement toutes les offres qui pourraient m'être faites et de ne plus fréquenter les gens que je fréquentais avant.

— Au sujet de son arrestation ?

— Rien. Pas un mot.

— Il a quitté Belgrade, paraît-il ?

— Il m'a dit, en effet, qu'il avait décidé de partir, mais je ne sais pas si c'était la vérité ou si c'était une ruse. Il avait sans doute deviné que vous vous lanceriez à sa recherche. C'est l'argent du réseau qui vous intéresse, je suppose ?

— Non, dit Coplan. Ce qui nous intéresse, c'est

de savoir *exactement* ce qui s'est passé. J'imagine que vous lui avez posé la question ?

— Oui, naturellement.

— Et alors ?

— Il m'a affirmé qu'il avait été dénoncé.

— Par qui ?

— Il n'en sait rien.

— C'est tout ce qu'il vous a dit ?

— Non. Il m'a également révélé que, le jour même de sa libération, il avait trouvé dans sa boîte aux lettres un message anonyme lui conseillant de se tenir tranquille s'il tenait à sa peau.

CHAPITRE III

Coplan, songeur, s'avança en silence vers le divan, écarta les journaux qui l'encombraient, y prit place et alluma une cigarette.

Les révélations de Kosic le troublaient.

Posant un regard bienveillant sur le jeune Yougoslave, il lui demanda :

— Cette histoire de dénonciation vous paraît-elle valable ?

— Oui, évidemment. Je ne vois d'ailleurs pas d'autre explication, et c'est l'idée qui m'est venue spontanément quand j'ai appris l'arrestation de Stefan.

— A votre avis, quels sont les gens qui ont pu faire le coup ? Stefan avait-il des ennemis personnels ? Il occupait un poste important dans l'administration et il était bien vu dans le Parti. Personne, dans son entourage, n'avait intérêt à le dénoncer, n'est-ce pas ?

— Détrompez-vous. Les choses ne sont pas si simples. Les étrangers s'imaginent toujours que la Yougoslavie est un bloc politique homogène, mais ce n'est pas vrai. Les Soviétiques ont encore beaucoup d'amis dans certains cercles militaires et dans l'administration. Les journaux n'en parlent jamais, bien sûr, mais les initiés savent que les agents occultes de Moscou livrent un combat impitoyable contre les hauts fonctionnaires qui orientent lentement et patiemment notre pays vers les U.S.A., vers un libéralisme de style occidental.

Cette réponse ne parut pas satisfaire Coplan. Il expulsa un long jet de fumée, puis, esquissant une moue sceptique, il murmura à mi-voix, sur un ton monocorde, comme s'il se parlait à lui-même :

— Depuis tant d'années que je suis dans ce métier, j'ai vu pas mal de choses surprenantes et je suis bien placé pour savoir que les hypothèses les plus étranges ne peuvent jamais être écartées d'office. Cependant, vos soupçons concernant l'arrestation de Stefan me semblent peu convaincants. Pour être franc, je n'y crois pas.

— Pourquoi ?

— Parce que cette hypothèse ne résiste pas à l'examen.

Kosic, ébranlé par cette affirmation tranquille, articula en fronçant les sourcils :

— Je ne vois pas ce que vous voulez dire.

— Récapitulons les faits. Stefan est appréhendé à son domicile, un samedi soir, par quatre inspecteurs de la K.O.S. qui fouillent sa maison de fond en comble. Jeté en prison, il est tenu au secret pendant plus d'un an. Finalement, au terme d'une enquête interminable, son procès n'a pas lieu et le procureur se contente de lui infliger une double sanction : il est radié du Parti et chassé de l'administration. Là-dessus, les portes de la prison s'ouvrent et il retrouve sa liberté. Vous trouvez ça logique, vous ?

— Euh... oui, pourquoi pas ? Vous savez à quel point Stefan était prudent et méfiant. Malgré toutes les enquêtes et toutes leurs recherches, les flics de la K.O.S. n'ont rien pu découvrir au sujet de notre réseau. Faute de preuves, ils ont été obligés de relâcher leur suspect.

Coplan se leva, alla écraser son mégot dans un cendrier, retourna s'asseoir sur le divan. Ses traits s'étaient durcis.

— Voyez-vous, Kosic, grommela-t-il, vaguement sardonique, si vous connaissiez les gens du Kremlin comme je les connais, vous verriez tout de suite que cette histoire ne tient pas debout. Quand les spécialistes de Moscou livrent un adversaire à la justice, c'est qu'ils ont la certitude absolue de pouvoir l'anéantir sans rémission. Leur patience est diabolique, mais, lorsqu'ils frappent, c'est à coup sûr. Et, neuf fois sur dix, c'est mortel. Au lieu de dénoncer prématurément Stefan, ils l'auraient surveillé pendant des mois et même pendant des années, rassemblant méthodiquement des preuves irrécusables. Pour les hommes du K.G.B. et pour leurs associés, un non-lieu pour manque de preuves, ça n'existe pas.

Il y eut un silence dans la pièce.

Les arguments de Francis avaient plongé Kosic dans une perplexité vertigineuse.

— Comment peut-on expliquer l'affaire, alors ? fit-il d'une voix presque indistincte.

— Si j'avais une explication valable, je me serais abstenu de venir vous importuner.

— Stefan n'a quand même pas été arrêté sans motif, objecta le Yougoslave.

Il ajouta, presque vindicatif :

— Je n'ai guère eu le temps d'acquérir une expérience réelle dans le domaine du Renseignement, mais vous, vous qui êtes dans la partie depuis tant d'années, quelle est votre idée ?

Après un moment d'hésitation, Coplan prononça :

— Je me demande s'il ne s'agit pas d'un règlement de compte au sein de la commission économique dont Stefan était le secrétaire général. De son propre aveu, la rivalité entre les partisans du Comecon (1) et les adeptes du libéralisme était devenue très âpre, pour ne pas dire féroce.

— Mais la lettre anonyme, alors ? rappela Kosic. Les menaces ne se justifient plus, puisque Stefan a perdu son poste.

— J'admets que c'est un point qui reste mystérieux, reconnut Francis.

Baissant la tête, il demeura pensif et silencieux pendant plusieurs minutes. A la fin, relevant le front, il questionna, d'une voix moins grave :

— Quelle impression Stefan vous a-t-il faite quand vous l'avez revu après sa longue déten-

(1) Equivalent du Marché commun pour les pays de l'Est.

tion ? Vous a-t-il fait l'effet d'un homme brisé, fini ?

Kosic fit une grimace dubitative.

— A vrai dire, comme il m'a abordé dans un endroit où il faisait très noir, je n'ai pas pu observer son visage. Ce qui m'a frappé, c'est sa nervosité, la tension de sa voix. Lui qui était toujours si calme, il avait l'air survolté, surexcité. Je ne sais pas si c'est le fait d'avoir vécu si longtemps tout seul dans une cellule de prison ou s'il avait peur, mais il n'était plus comme avant. Il n'avait plus cette assurance, cette sérénité... C'est difficile à expliquer.

Coplan laissa échapper un soupir.

— La prison, c'est toujours pénible. C'est une épreuve morale et physique bien plus dure qu'on ne l'imagine.

Puis, changeant de sujet :

— Avez-vous eu des nouvelles de Maria Vazina ?

— Non. Elle ne faisait plus partie du réseau depuis qu'elle avait été mutée au ministère du Travail. Comme elle n'avait plus l'occasion de voyager à l'étranger et comme elle ne récoltait plus d'informations intéressantes, Stefan avait jugé qu'il valait mieux l'écarter.

— Nous avions été informés de sa mise en veilleuse, mais qu'est-elle devenue ?

— Je n'en sais rien. En fait, je ne l'ai rencontrée que deux ou trois fois chez Stefan. Je n'avais pas de contrats directs avec elle.

— Stefan la fréquentait-il encore à titre privé ?

— Je l'ignore.

Coplan se gratta machinalement la tempe, réfléchit pendant deux ou trois secondes, puis reprit :

— Vous faisiez allusion, tout à l'heure, aux fonds que nous avions mis à la disposition de Stefan. Avez-vous des renseignements à ce sujet ?

— Non, mais vous ne devez pas avoir d'inquiétude à ce propos-là. Je suis sûr que Stefan se débrouillera pour vous restituer cet argent. Plus tard, évidemment, quand l'affaire sera oubliée. Il le fera sans doute parvenir à votre ambassade.

— Il y avait aussi du matériel.

— Je ne sais pas ce que Stefan en a fait. Si les types de la K.O.S. ne l'ont pas trouvé, c'est qu'il était bien caché. Stefan ne m'a d'ailleurs jamais révélé comment il en prenait livraison et où il l'entreposait. Personnellement, je n'ai jamais rien utilisé : ni micros ni émetteurs.

Francis eut un sourire amer.

— Nous avions des projets ambitieux, mais nous n'avons malheureusement pas eu le temps de les réaliser.

— Vous voulez dire *heureusement,* corrigea Kosic, grinçant.

— Dans un sens, oui, concéda Coplan. Mais, pour nous, c'est une grosse déception et un problème bien difficile à résoudre. Il nous a fallu plus de deux ans pour mettre ce réseau sur pied, et il n'a travaillé que huit mois. Maintenant, tout est à refaire. Votre décision est-elle vraiment définitive, Kosic ?

Les traits du jeune homme se creusèrent.

— Inutile d'insister, articula-t-il sombrement.

Depuis que cette catastrophe s'est produite, je sais à quoi m'en tenir.

— Qu'entendez-vous par là ?

— J'ai appris à me connaître, je sais ce que je vaux, maintenant. Si j'acceptais de recommencer ce travail, je serais un danger pour tout le monde. Je n'ai pas les nerfs assez solides. Pour dire la vérité, je ne suis pas courageux.

Cet aveu l'humiliait visiblement. Coplan murmura, sans aucune acrimonie :

— Votre loyauté m'est très sympathique, Kosic. C'est déjà une espèce de courage, que de reconnaître ses propres limites. Mon ami Daraux m'a laissé entendre que vous aviez été sérieusement secoué par l'arrestation de Stefan.

— Oui, j'ai eu peur, très peur. Je m'attendais à être arrêté à mon tour par la K.O.S., mis en prison, torturé nuit et jour en attendant d'être jugé comme espion. Vous comprenez, il aurait suffi d'une simple négligence de la part de Stefan pour que les enquêteurs tombent sur mon nom ou sur mon adresse. J'ai vraiment vécu des heures terribles, dramatiques. Je n'osais plus regarder les gens en face, je n'osais plus rentrer chez moi, je prenais des drogues pour dormir. La perspective de finir ma vie dans un cachot me donnait la nausée.

L'évocation de ces jours de terreur décolorait son visage anxieux.

Il poursuivit :

— J'avais un passeport en règle, et j'aurais pu fuir, me réfugier en France ou en Autriche, mais j'étais comme paralysé. Finalement, je suis tombé malade, et le médecin m'a fait transporter à l'hôpital. Je souffrais de troubles hépatiques graves. Je suis resté alité pendant sept semaines.

Sa voix devint presque hargneuse.

— Vous pensez si j'ai eu le temps de réfléchir ! Au fond, j'avais été fou d'accepter les propositions de Stefan. Je ne me rendais pas compte. Entre les idées d'un intellectuel et ses possibilités réelles dans la vie, il y a un abîme. En définitive, je ne suis qu'un pauvre type qui aimait la France pour des raisons sentimentales, littéraires, subjectives. Je ne suis pas un héros.

Coplan se leva. Un sourire indéfinissable étirait sa bouche.

— Méfions-nous des idées toutes faites, Kosic, émit-il. Les héros, c'est encore de la littérature. Dans la vie, il n'y a que des hommes et des femmes qui font de leur mieux pour résoudre leurs problèmes. Ce mauvais souvenir finira par s'estomper, croyez-moi. Ce qui compte, c'est d'avoir confiance en l'avenir, quoi qu'il arrive, envers et contre tous.

Il marcha lentement vers la porte.

Se retournant, il murmura :

— Si vous changez d'avis, faites-le savoir à notre ami Daraux. Excusez-moi de vous avoir dérangé.

— Je ne changerai pas d'avis, affirma le Yougoslave, les lèvres frémissantes.

— Adieu, et bonne chance ! conclut Francis.

La main sur la poignée de la porte palière, il se retourna derechef et demanda tout bas :

— Stefan vous a-t-il parlé de sa maison ?

— De sa maison ?

— Lorsque je l'avais rencontré à Paris, il m'avait longuement parlé de sa maison. Il y avait passé toute son enfance, et je me suis rendu compte qu'il était profondément attaché à ses souvenirs. S'il a décidé de quitter Belgrade d'une manière définitive, je suppose qu'il a dû mettre la propriété en vente ?

— Je ne sais pas.

— Comment s'appelait-il encore, le vieux bonhomme qui entretenait le jardin ?

— Vous voulez parler de Vasil Jovic, sans doute ?

— Oui, Jovic, c'est bien cela. Savez-vous si ce bonhomme a continué à s'occuper des fleurs et des pelouses pendant l'absence de Stefan ?

Kosic eut un ricanement presque douloureux.

— Si vous croyez que je me suis soucié du jardin de Stefan ! siffla-t-il entre ses dents.

— Simple question, laissa tomber Francis. Je me suis toujours intéressé aux petites choses poétiques de la vie. Adieu, Kosic.

***

Débouchant dans la rue du Docteur Ivkovica, Coplan emprunta un itinéraire apparemment fantaisiste pour rejoindre le boulevard Franse Deperea (1) où il déambula sans hâte jusqu'au moment où Lisa fit son apparition.

— Rien à signaler, murmura Lisa en prenant

(1) Version serbe du nom du maréchal Franchet d'Esperey.

le bras de son mari. Tu es resté longtemps chez Kosic. Je commençais à m'inquiéter.

— Je me suis pourtant efforcé d'être bref. Mais je ne voulais pas le brusquer.

— As-tu obtenu l'adresse de Lucar ?

— Hélas ! non. Il prétend ne pas la connaître, et je crois qu'il est sincère.

— Démarche inutile, en somme ?

— Pas tout à fait. J'ai appris deux ou trois choses qui ont l'air de confirmer le diagnostic du Vieux. Cette affaire n'est pas très catholique.

Tout en marchant vers Terazije, Coplan relata succinctement sa conversation avec Kosic.

— Entre nous, commenta-t-il ensuite, je ne partage pas son avis. Si les agents du K.G.B. (1) avaient donné Lucar à la K.O.S., le malheureux serait encore sous les verrous à l'heure actuelle. Les Russes n'ont pas l'habitude de lâcher leur proie.

— Par contre, rétorqua Lisa, ils ont l'habitude d'adapter leurs méthodes aux impératifs de la situation politique. Moi, la version de Kosic me paraît plausible. Dans un pays comme celui-ci, Moscou fait patte de velours et s'abstient de provoquer des incidents. Si Lucar est tombé sur un juge d'instruction qui n'a aucune sympathie pour l'U.R.S.S., l'acquittement n'a rien de surprenant. Du même coup, les menaces anonymes s'expliquent, car les partisans du Kremlin ne

(1) Service de sécurité de l'U.R.S.S. S'occupe du Renseignement et du contre-espionnage.

demandent qu'une chose : que Lucar se tienne tranquille.

— En effet, reconnut Francis, vue sous cet angle, l'hypothèse est peut-être valable. Les Russes sont des gens efficaces, et l'essentiel, pour eux, c'était de chasser Lucar de la Commission économique.

— Ce qui est regrettable, c'est que Lucar, depuis qu'il a quitté la prison, ne se soit pas débrouillé pour nous faire parvenir un message. Nous ne serions pas obligés de prendre tous ces risques.

— Sur ce point-là, je suis plus indulgent que toi. Un homme qui vient de se taper plus d'un an de tôle avec un inculpation d'espionnage sur le râble, on peut difficilement lui demander de renouer le contact avec ses amis étrangers. Ce serait d'ailleurs imprudent de sa part.

— En attendant, qu'allons-nous faire ? Il ne nous reste plus que deux cartes à jouer.

— Eh bien ! nous allons les jouer, dit Coplan, philosophe. Daraux a fini par se laisser convaincre, et il m'a formellement promis de me goupiller une entrevue avec Maria Vazina. A mes risques et périls, comme il le souligne.

— Je suis prête à parier que ça ne donnera rien, énonça Lisa. Bien avant son arrestation, Lucar avait cessé de voir cette femme, et il avait signalé à Paris qu'elle ne collaborait plus. Je ne vois pas pour quel motif il l'aurait informée de l'endroit où il comptait se planquer.

— Sait-on jamais ? fit Coplan en haussant les épaules.

***

Pendant les trois jours qui suivirent, Coplan fut encore très pris par les contacts officiels qui justifiaient son séjour à Belgrade.

Lisa, pour tuer le temps, fit de nombreuses excursions en voiture, avec une prédilection marquée pour les parages de Rakovica, un petit bled de la banlieue sud-ouest, à une dizaine de kilomètres du centre, à la lisière de l'immense parc de Kosutniak.

Le samedi matin, Daraux s'arrangea pour convoquer Francis à l'ambassade et lui annoncer que le rendez-vous avec Maria Vazina était enfin conclu.

— Elle vous attendra, ce soir, à 22 heures précises, derrière la statue équestre de la place de la République.

— Parfait, acquiesça Coplan.

Le soir même, à l'heure convenue, il rencontrait effectivement l'ancienne secrétaire de Stefan Lucar, une belle fille de 28 ans, grande, sculpturale, même, aux yeux de velours, aux cheveux bruns, drus et brillants, au teint mat, aux lèvres fortes, admirablement dessinées.

Vêtue avec élégance mais sans ostentation — jupe et petite veste en lainage bleu ciel, chemisier blanc —, elle accueillit Francis avec un chaud sourire de sympathie.

— Heureuse de vous revoir, dit-elle dans un français un peu rude.

— Tout le plaisir est pour moi, assura-t-il, en serrant la main qu'elle lui tendait.

— Il paraît que vous vous appelez François Carpin, maintenant ? plaisanta-t-elle.

— Oui, je change de nom de temps à autre, dit-il sur le même ton léger. Vous vous appelez toujours Maria Vazina, je suppose ?

— Naturellement !

— Pourquoi naturellement ? Les demoiselles changent de nom quand elles se marient.

— C'est vrai ! Mais je ne suis pas mariée.

Il y eut un flottement, comme cela arrive aux gens qui ne se connaissent pas tellement bien et qui se retrouvent après deux ans.

Elle reprit :

— J'ai été surprise d'apprendre que vous étiez en mission officielle à Belgrade.

— Oh ! une petite mission d'avant-garde, sans plus ! Je suis chargé de mettre au point les questions pratiques concernant la prochaine visite d'un groupe d'industriels français.

— Je sais, M. Daraux m'a mise au courant. C'est très gentil de votre part d'avoir pensé à moi. Vous savez, je n'ai jamais oublié votre amabilité lors de mon séjour à Paris... Je voudrais tant retourner en France ! Malheureusement, je ne voyage plus. J'ai changé de ministère.

— Venez donc passer vos vacances chez nous.

— Cela me plairait beaucoup, mais c'est trop cher.

Ils avaient fait quelques pas, machinalement, en direction du Théâtre National.

Coplan prononça, sur un ton plus confidentiel :

— Vous qui êtes née à Belgrade, vous devez connaître un café où nous serions tranquilles pour bavarder. J'ai quelques questions à vous poser, du moins si cela ne vous ennuie pas.

— Il n'y a q'un endroit où nous serons vraiment tranquilles, c'est chez moi.

— Je ne voudrais pas faire de tort à votre réputation.

Elle eut un bref rire de gorge.

— Aucun danger, affirma-t-elle. Je suis une femme très indépendante. Venez, c'est à dix minutes d'ici.

Elle ajouta :

— Moi aussi, j'ai quelques questions à vous poser.

Désinvolte, elle lui prit le bras.

CHAPITRE IV

Elle habitait au premier étage d'un immeuble vieillot et bourgeois situé dans une petite rue paisible, parallèle à la rue Kneza Milosa.

L'appartement n'était pas grand, mais la salle de séjour avait été arrangée avec goût, dans un style moderne où perçait une pointe de snobisme : peintures abstraites, bibelots exotiques, photos surréalistes. Outre le poste de télévision et un imposant électrophone flanqué d'une discothèque bien garnie, il y avait un joli meuble-bar où étaient alignées des bouteilles d'alcool et d'apéritif.

— Regardez là-haut, sur l'étagère, dit-elle en jetant sa veste bleue sur le dos d'un fauteuil. La tour Eiffel que vous m'avez offerte.

— C'est trop d'honneur pour un si modeste cadeau !

— Asseyez-vous là.

Elle indiqua le divan, puis elle demanda :

— Quelle marque de whisky préférez-vous ? Mes amis m'en rapportent quand ils rentrent de voyage. Toute cette marchandise provient des *duty-free shops* (1).

— Puisque j'ai le choix, je prendrai du William Lawson's avec un peu d'eau du robinet.

— Bonne idée, approuva-t-elle.

Elle servit les boissons, donna un verre à Francis, en prit un pour elle et vint s'asseoir sur le divan.

Un imperceptible sourire aux lèvres, elle dévisagea son hôte et murmura :

— C'est pour parler de Stefan que vous teniez à me voir, n'est-ce pas ?

— Oui.

— Le pauvre ! soupira-t-elle. Quelle sale histoire. A mon avis, il est coulé. Sa carrière est fichue, c'est tout à fait sûr. Quand on est chassé du Parti, il n'y a plus d'espoir.

— L'avez-vous revu depuis sa sortie de prison ?

— Non.

— N'a-t-il pas essayé de vous contacter ?

— Pas à ma connaissance. D'ailleurs, pourquoi l'aurait-il fait ?

— Vous étiez pourtant de bons amis quand vous êtes venus ensemble à Paris.

— Nous nous sommes brouillés trois mois plus tard.

— Quand vous avez changé de ministère ?

— Non, avant cela. C'est moi qui ai demandé ma mutation.

(1) Boutiques qui, dans les aéroports, vendent des produits exonérés de droits de douane.

— Pourquoi ?

— Oh ! pour des raisons personnelles, éluda-t-elle en secouant sa crinière brune.

Francis la regarda droit dans les yeux.

— Est-il indiscret de vous demander ces raisons ?

Une légère rougeur teinta les pommettes de la jeune femme. Elle hésita, baissa la tête, but une gorgée de scotch.

— Stefan était jaloux, révéla-t-elle à mi-voix.

— Je ne veux pas me mêler de votre vie privée, mais enfin, quand je vous ai vus à Paris, je me suis bien rendu compte que vous vous entendiez bien tous les deux.

— Oui, j'étais sa maîtresse.

— Et vous avez rompu, si je comprends bien ?

— Oui.

— Pourquoi ?

De nouveau, elle hésita.

— Stefan m'a beaucoup déçue, articula-t-elle, les yeux dans le vague.

— A quel point de vue ?

— A tous les points de vue. Comme homme et... comme amant.

Coplan resta muet, devinant qu'elle allait s'expliquer. Elle reprit, en effet, d'une voix plus décidée :

— Je ne veux pas dire du mal de lui, mais je ne veux pas non plus que vous pensiez que les torts sont de mon côté. En fait, je m'étais trompée sur son compte. Je croyais que c'était un homme ardent, généreux, capable de sentiments nobles.

Elle eut une moue un peu méprisante, poursuivit :

— Quand on le connaît bien, on s'aperçoit qu'il est ambitieux, calculateur, mesquin, avide et possessif comme un paysan du Monténégro. Ce n'est ni par patriotisme ni par idéalisme qu'il se dévouait pour le Parti, c'était par ambition, pour devenir un personnage important. Et, s'il a accepté de travailler pour vous, c'était par opportunisme. Il avait compris que le vent était au libéralisme, que la France allait devenir un partenaire important de la Yougoslavie, qu'il fallait se placer pour profiter du courant.

Coplan, qui observait son interlocutrice tout en sirotant son scotch, avait la conviction qu'elle tournait autour du pot, et que les reproches qu'elle formulait n'étaient que des alibis.

Il glissa négligemment :

— Vous disiez qu'il vous avait également déçue comme amant ?

— Oui, pourquoi le cacher ? Les qualités et les défauts d'un homme, c'est un tout. Stefan était trop égoïste pour comprendre vraiment l'amour. Pour lui, ce n'était qu'une..., qu'un exercice sanitaire, si vous voyez ce que je veux dire.

Coplan voyait très bien ce qu'elle voulait dire. Il avait d'ailleurs remarqué un certain changement dans le visage de la jeune femme. En deux ans, elle avait évolué. Elle avait maintenant, dans le regard et dans le pli de la bouche, cette ombre de secrète vulgarité, de cynisme et de gourmandise inavouable qui marque les êtres jouisseurs, esclaves à leur insu de leur propre complaisance sexuelle.

— J'ai rencontré un autre homme, avoua-t-elle brusquement. Stefan l'a su et il m'a fait une scène affreuse. C'est alors que j'ai pris la décision de rompre.

Elle vida son verre, se leva pour aller prendre la bouteille de William Lawson's, lança avec un rire insouciant :

— Je suis bien contente de m'être séparée de lui ! Non seulement j'ai retrouvé ma liberté, mais je l'ai échappé belle, en plus. Si j'avais encore été sa secrétaire et sa maîtresse, on m'aurait peut-être suspectée, arrêtée.

— Vous n'avez pas eu peur, quand vous avez appris son arrestation ?

— Non, absolument pas. Dans notre entourage, tout le monde savait qu'il n'y avait plus rien entre Stefan Lucar et moi.

Coplan vida son verre, le lui tendit pour qu'elle le remplisse à nouveau. Elle se versa également une deuxième ration, remit la bouteille en place, apporta la carafe d'eau.

— Au fond, conclut-elle, je ne regrette pas ce qu'il y a eu entre Stefan et moi. Vous ne me croirez sans doute pas, mais c'était mon premier homme. Cette liaison m'a donné une bonne leçon et j'en ai fait mon profit.

— Les psychologues prétendent que le ratage d'un premier amour marque les femmes pour la vie. Vous, au moins, vous avez pris la chose du bon côté.

— J'étais bête, sentimentale et idéaliste, prononça-t-elle avec une moue de dégoût. J'admirais Stefan et je croyais l'aimer. En réalité, j'avais surtout envie qu'il me fasse découvrir les joies de l'amour. Les femmes, quand elles sont vierges, mélangent toujours leurs pensées, leurs sentiments et leurs désirs. Maintenant, je sais à quoi m'en tenir.

— A quel point de vue ?

— Pour une femme intelligente, il n'y a que deux possibilités intéressantes : se marier ou bien défendre son indépendance. Une liaison, c'est stupide.

— Pourquoi Stefan ne vous a-t-il pas épousée ?

— Par ambition et par égoïsme. Il estimait qu'une épouse légitime, des enfants, un foyer, cela enchaînait un homme. Pour lui, c'étaient des obstacles qui rendent plus difficile la réussite d'une carrière politique.

Elle alla redéposer la carafe d'eau sur le meuble-bar, revint s'asseoir sur le divan.

— Pour une femme, murmura-t-elle, il y a des choses plus importantes que la politique. Je suis membre de la section féminine du Parti, mais cela ne m'empêche pas de profiter de ma jeunesse.

— Vous m'avez dit tout à l'heure que vous aviez des questions à me poser.

— Oui, au sujet de Stefan, justement. Comment est-il ?

— Je n'en sais rien. Je ne l'ai pas revu depuis sa sortie de prison et je comptais un peu sur vous pour m'aider à le retrouver.

— Il n'est pas chez lui ?

— Non. Il paraît qu'il se cache.

Elle arqua les sourcils, montrant un étonnement non déguisé.

— Il se cache ? Mais pourquoi ? Si la K.O.S. l'a relâché, il n'a aucune raison de se cacher.

— Je suis bien de votre avis, mais le fait est là.

— Il ne travaillait plus pour le S.D.E.C. ?

— Au moment de son arrestation ? Si.

— Mais alors ? Est-ce qu'il n'aurait pas dû reprendre contact avec vous ?

— Evidemment. C'est d'ailleurs ce qui nous trouble. Au lieu de nous faire savoir ce qui s'est passé, il disparaît et il nous laisse tomber.

— Vous auriez voulu le remettre en selle ?

— Pas question ! s'exclama spontanément Coplan. Pour nous, il est grillé.

Elle eut un petit rire rancunier, méchant.

— Comme je le connais, fit-elle, il doit être complètement démoralisé. Lui qui ne pensait qu'à son brillant avenir ! C'est bien dommage que vous ne l'ayez pas revu.

— Vous auriez aimé avoir de ses nouvelles ?

— Oh ! oui...

— Vous avez encore un certain attachement pour lui, si je comprends bien ?

Elle parut abasourdie.

— Moi ? s'écria-t-elle.

— Votre curiosité à son égard le prouve.

— Au contraire ! Cela m'aurait fait plaisir de savoir qu'il est malheureux comme les pierres !

Coplan ne put s'empêcher de rire à son tour.

— Diable ! Vous avez la dent dure !

— Si vous saviez tout ce qu'il m'a dit quand

nous nous sommes disputés ! Je ne le lui pardonnerai jamais ! Il m'a même traitée de p...

— Un homme jaloux ne sait plus ce qu'il dit.

— Il savait très bien ce qu'il disait. Il m'a reproché de m'être jetée à son cou, d'être pire qu'une chienne en chaleur, et j'en passe !

Coplan avait l'impression qu'une lueur s'était mise à briller dans les ténèbres.

— Je vais être de plus en plus indiscret, prononça-t-il, en contemplant le mélange ambré qui chatoyait dans son verre. Qui était-ce, l'homme avec lequel vous avez trompé Stefan ?

— Un collègue.

— Vous êtes toujours avec cet homme ?

— Non. Je vous l'ai expliqué, je ne veux plus de liaison. Ce qui compte, c'est ma liberté. Quand un homme me plaît, je suis libre et je fais ce que je veux. Je crois que c'est par curiosité que j'ai trompé Stefan. Je voulais savoir si tous les hommes étaient aussi maladroits que lui avec les femmes.

— Et alors ? s'enquit Francis, narquois.

— Je me suis vite aperçue que la comparaison n'était pas en faveur de Stefan.

Francis fut sur le point de faire une réflexion moqueuse, mais il se retint en voyant que la jeune femme, le regard baissé, arborait une expression à la fois grave et amère.

— Au fond, dit-elle, c'est triste de découvrir l'amour avec un homme qui méprise le plaisir et la volupté, qui ne cherche qu'à assouvir ses instincts d'une façon grossière. Même quand Stefan me prenait dans ses bras, je n'étais pas heureuse. Une sorte de pressentiment me disait qu'il devait y avoir une joie merveilleuse dans les caresses, dans l'admiration, dans le vertige...

Coplan glissa doucement :

— Comme disait une de mes amies, un singe qui joue du violon, ça ne va jamais bien loin, même si le violon est un Stradivarius.

Elle eut un sourire, hocha la tête :

— C'est exactement cela.

— Votre choix a été vite fait, après cette expérience.

— Stefan s'est tout de suite aperçu que je n'étais plus la même. Il a eu des soupçons, il m'a surveillée et il a découvert que je le trompais. De toute manière, je ne pouvais plus le voir en peinture.

Coplan, qui ne perdait pas de vue ses objectifs, questionna négligemment :

— Et l'autre ?

— Il a quitté Belgrade quelques semaines plus tard, et c'était très bien ainsi.

— Je croyais que c'était un collègue de bureau ?

— Oui, mais il faisait partie de la délégation permanente du Comecon et il a dû rejoindre son poste à Moscou.

— Pourquoi dites-vous que c'était très bien ainsi ? Normalement, la révélation aurait dû vous rendre amoureuse de cet homme, non ?

— Il était marié. Et puis..., je crois que j'avais pris goût à la nouveauté, au changement.

Elle déposa son verre vide au pied du divan,

prit un paquet de cigarettes américaines sur un guéridon tout proche.

Coplan lui donna du feu au moyen de son briquet.

— Merci, dit-elle, souriante.

Puis, se laissant aller à la renverse contre les coussins, elle articula, les yeux au plafond :

— Vous savez, la disponibilité a ses charmes. Il y a toujours de l'imprévu dans la vie... Avez-vous encore des questions à me poser ?

— Non.

— En somme, vous avez perdu votre temps ? Vous pensiez que je pourrais vous mettre en rapport avec Stefan ?

— Oui. Mais je n'ai pas perdu mon temps, puisque cela m'a fait plaisir de vous revoir. Je suppose que vous n'avez pas envie de recommencer à travailler pour nous ?

— Sûrement pas ! Cela aussi, c'est le passé. Cela faisait partie de ma naïveté, de mon innocence. Risquer sa vie pour la politique, c'est de la sottise. Quand on est jeune et libre, il y a des moments si merveilleux.

Elle eut un sourire vague, alangui, posa sur Francis, en silence, un long regard appuyé, éloquent.

Coplan réalisa soudain qu'il se sentait l'âme d'un homme marié et qu'il éprouvait les sentiments d'un homme marié face à la tentation.

Certes Maria Vazina était infiniment plus jolie, infiniment plus séduisante que Lisa. Cependant, à sa manière, Lisa était plus belle, plus précieuse, riche de toute la valeur de son cœur secret et de son âme pudique.

Comme le silence se prolongeait, Maria demanda :

— Peut-être avez-vous encore des choses à faire, ce soir ?

— Non.

— Vous m'étonnez. J'ai toujours entendu dire que les Français étaient les hommes les plus entreprenants du monde.

Ce défi amusa Francis. Il n'avait aucune raison de répondre à cette invitation non dissimulée. Il avait mieux à sa disposition, puisque Lisa l'attendait dans leur chambre du *Moskva*.

Il déposa son verre, dit en souriant :

— Je ne voudrais pas ternir la réputation de mes compatriotes, mais je ne voudrais pas non plus passer pour un goujat qui abuse de la situation.

— J'apprécie la délicatesse d'un homme, répondit-elle avec ironie. Mais c'est parfois une question de finesse psychologique, d'intuition, vous ne croyez pas ?

Elle se retourna pour écraser sa cigarette dans un cendrier posé sur le guéridon. Ce geste cambra ses reins, arqua son buste en faisant saillir ses seins qui tendirent son chemisier blanc.

Coplan se rapprocha d'elle, l'enlaça, lui plaqua un rude baiser sur la bouche. Elle ferma les yeux, glissa sa main dans la nuque de Francis, se colla plus étroitement contre lui. Les lèvres décloses, les narines frémissantes, elle fit de ce long baiser un prélude charnel déjà brûlant d'impatience.

CHAPITRE V

Ce fut une étreinte ardente, interminable, tour à tour tumultueuse et savamment contrôlée.

Coplan, après les confidences significatives de sa partenaire, avait eu à cœur de se surpasser. Par orgueil viril, pour relever le défi et montrer que la réputation amoureuse des Français n'était pas injustifiée, il avait tenu à déployer toutes les ressources de sa technique.

Son vigoureux talent et sa virtuosité indiscutable firent merveille.

Après, le silence plana dans la pièce.

Maria, les prunelles embuées de volupté, les cheveux dans le visage, savourait les intimes prolongements de cet orage de plaisir qui l'avait inondée. Ses vêtements et ceux de Francis, éparpillés autour du divan, gisaient sur le tapis.

Coplan, qui continuait néanmoins à penser à ses problèmes, murmura soudain, en caressant d'une main attentive et tendre la somptueuse cuisse satinée qui le retenait prisonnier :

— Stefan ne sait pas ce qu'il a perdu en vous perdant.

— Heureux ? s'enquit-elle d'une voix lourde, un peu enrouée.

— Qui ne le serait à ma place ? fit-il avec un sourire détendu. Si c'est le successeur de Stefan qui vous a enseigné l'art d'aimer, vous avez été à bonne école.

— La toute première fois que je vous ai vu, à Paris, mon cœur s'était mis à battre et vous m'aviez troublée. Je ne le savais pas à ce moment-là, mais, maintenant, je le sais : j'avais envie de faire l'amour avec vous.

Francis voulut se dégager pour se rhabiller, mais elle le retint.

— Ne partez pas encore, implora-t-elle.

Puis, rêveuse, vaguement mélancolique :

— Si je pouvais vous aider à retrouver Stefan, je le ferais volontiers.

— Vous pouvez m'aider d'une autre façon.

— Comment cela ?

— Je vais vous l'expliquer. Attendez, laissez-moi prendre mes cigarettes.

Il se dégagea, se leva, déambula dans la pièce avec une aisance parfaite, en dépit de sa tenue. Il se tourna vers Maria.

— Une cigarette ? Un doigt de scotch ?

— Les deux, dit-elle. Mes cigarettes sont là...

Il lui en alluma une, la lui mit entre les lèvres, posa un cendrier près d'elle, lui versa à boire et lui donna le verre. Puis, ayant allumé une Gitane et s'étant servi une dose raisonnable de whisky, il reprit place sur le divan.

— Comme vous devez vous en douter, commença-t-il, je m'intéresse moins à Stefan qu'aux répercussions que sa mésaventure peut avoir sur les affaires du service. A Paris, nous nous demandons ce qui s'est passé *exactement*. Et, si vous aviez des renseignements à ce sujet, cela me rendrait service.

Elle réfléchit un moment, laissant fuser entre ses lèvres épaisses un filet de fumée bleue.

— Ce qui s'est passé exactement, je n'en sais rien. Seul Stefan pourrait vous le dire. Naturellement, on a beaucoup parlé de cette histoire au bureau. Stefan était quand même un personnage important de l'administration et du Parti. D'après ce que j'ai compris, il était soupçonné d'avoir transmis à un agent soviétique une note de travail concernant la réforme de nos échanges avec le Comecon. S'agissait-il d'une négligence, d'une maladresse, d'un acte délibéré ? Toute la question est là, bien entendu. Toujours est-il que cette fuite a failli déclencher une crise dramatique entre le Kremlin et nous. Je ne sais pas si vous vous en souvenez, mais c'est à cette époque-là que plusieurs pays, dont les Etats-Unis, ont fait savoir officiellement aux Russes qu'un coup de force de leur part contre nous serait considéré comme un *casus belli*.

— Oui, je me souviens.

— D'après les rumeurs qui ont circulé, le procureur Kostofic a adopté la thèse de la négligence administrative. C'est grâce à lui que Stefan a été relâché.

— Cette histoire ne tient pas debout, grommela Francis. Quand on connaît les idées de

Stefan, l'éventualité d'une trahison en faveur des Russes est exclue.

Maria esquissa une moue dubitative.

— Cela dépend comment on voit les choses, émit-elle. En communiquant aux Russes les projets économiques de notre gouvernement, Stefan voulait peut-être provoquer une prise de position de Washington, qui sait ?

— Je ne le crois pas capable d'avoir des visées aussi machiavéliques.

— Il est plus retors que vous ne le pensez.

— Il y a un détail que vous ignorez, Maria. Le jour même de sa sortie de prison, Stefan a reçu une lettre anonyme lui conseillant de rester tranquille désormais s'il tenait à sa peau.

— Ah ? Comment savez-vous cela ?

— C'est le petit Kosic qui me l'a révélé.

— Bizarre, dit-elle.

— En tout cas, ça ne cadre pas avec l'hypothèse d'une trahison au profit de l'U.R.S.S.

Il écrasa sa cigarette dans le cendrier, vida son verre, le déposa sur le guéridon.

— Depuis que vous m'avez raconté dans quelles circonstances vous avez rompu avec Stefan, une autre hypothèse m'est venue à l'esprit. Je me demande s'il ne s'agit pas d'une vengeance.

— Quelle vengeance ?

— Comment s'appelle ce délégué au Comecon avec lequel vous avez trompé Stefan ?

— Marco Stalanic.

— Eh bien, imaginons que Stefan, ulcéré, dévoré de jalousie et de rancœur, ait fait une scène à Marco Stalanic, et que celui-ci, en guise de riposte, se soit arrangé pour glisser cette peau de banane sous le pied de Stefan. C'est d'autant plus à envisager que Stalanic devait être au courant des projets de réforme et qu'il avait la possibilité de refiler le tuyau aux Soviétiques.

Elle plissa les lèvres. Puis, hésitante :

— A ma connaissance, il n'y a pas eu d'explication entre les deux hommes. Par contre, Stefan a peut-être bien imaginé une ruse pour couler Marco, ruse qui se serait retournée contre lui-même.

Coplan opina.

— Oui, approuva-t-il, cette hypothèse-là est également plausible.

Maria haussa les épaules, jeta sa cigarette dans le cendrier, posa son verre vide sur le guéridon.

— Cette sale politique! s'exclama-t-elle, en secouant sa chevelure.

Désinvolte, fougueuse, elle se jeta brusquement sur Francis, le fit basculer en arrière, pesa sur lui de tout son poids et le gratifia à pleine bouche d'un baiser sauvage. Le contact de cette nudité chaude et ferme électrisa Coplan.

***

Il était plus de deux heures du matin quand Francis réintégra sa chambre du *Moskva.*

Lisa était couchée depuis longtemps, mais elle ne dormait pas.

— Je me suis un peu attardé, lui dit Coplan. Tu sais comment cela se passe : on cause, on boit, on recause, on reboit, et les heures passent.

— Heureusement, demain, c'est dimanche, répondit Lisa en souriant. Tu pourras faire la grasse matinée.

Elle prit le roman qu'elle avait posé sur sa table de chevet, retira un papier d'entre les pages du livre, le tendit à Francis qui le lut en silence.

« *La démarche me paraît réalisable, demain en fin d'après-midi. J'ai pris les repères et les informations nécessaires.* »

Coplan hocha la tête en signe d'assentiment et murmura, sur un ton empreint de lassitude :

— Je crois que j'ai ingurgité trop de whisky, ce soir. Dix heures de sommeil me feront le plus grand bien. Et demain, nous irons nous promener, respirer un peu d'air frais.

Il brûla le papier que Lisa lui avait remis, le fit disparaître dans la cuvette du w.-c. Ensuite, il se déshabilla, se brossa les dents, se coucha et éteignit la lumière.

Lisa, fine mouche, devina qu'il avait *réellement* envie de dormir ; elle ne lui demanda rien.

***

Le lendemain, vers 11 h 30, le ménage Carpin fit une petite balade apéritive au Kalemegdan, histoire de pouvoir bavarder en toute sécurité.

Déambulant bras dessus, bras dessous, dans les allées du parc de la forteresse, Coplan et Lisa firent le point. Francis résuma l'essentiel de sa conversation avec Maria Vazina et conclut :

— L'hypothèse d'une rivalité amoureuse entre Lucar et ce Marco Stalanic est peut-être à retenir.

Je me souviens d'une affaire de ce genre que j'avais suivie de près : il s'agissait d'un réseau de l'*Intelligence Service* qui avait été démantelé dans des circonstances inexplicables. Or, le fond de l'histoire, c'était cela : un type de la C.I.A. avait bel et bien soufflé la femme d'un agent anglais, et celui-ci, dans un moment de colère, avait froidement dénoncé son collègue américain aux Russes.

— Oui, c'est possible, admit Lisa. Dans ces moments-là, il y a des hommes qui tuent.

— Soit dit en passant, ajouta Coplan, Maria Vazina m'a tenu des propos peu flatteurs au sujet de Lucar. Elle n'a aucune estime pour lui.

— Que lui reproche-t-elle ?

— Elle prétend que c'est un homme mesquin, dévoré d'ambition, dénué d'idéal, calculateur.

Lisa ne put s'empêcher de sourire.

— Le Vieux prétend, lui, que les jugements féminins manquent presque toujours d'objectivité, glissa-t-elle, ironique.

— Je n'en disconviens pas, mais il n'y a pas de fumée sans feu. Nous ferions bien de tenir compte de l'opinion de cette femme.

— En attendant, il ne nous reste plus qu'un espoir de retrouver la piste de Lucar.

— Quel est ton pronostic ?

— Réservé, émit Lisa. Je ne suis à peu près sûre que d'une chose : le contact n'a jamais été rompu entre Lucar et le vieux Jovic. Ce dernier n'a jamais cessé d'entretenir le jardin de la maison de son maître. J'ai d'ailleurs appris, en bavardant avec des voisins, que Jovic était déjà au service de la famille Lucar avant la naissance de Stefan. Si l'on tient compte, en outre, que c'est ce vieux serviteur qui entreposait dans sa maison le matériel que le Service livrait à Lucar, nos chances ne sont pas négligeables.

— Nous serons fixés sous peu, soupira Coplan. De toute manière, mes entrevues officielles se terminent mardi et nous n'avons plus que quarante-huit heures pour réussir cette partie de notre mission.

— Cette Maria Vazina est-elle récupérable pour nous ?

— Non. Nous pouvons la barrer définitivement sur la liste des candidats éventuels. Tout comme le petit Kosic, elle ne veut plus entendre parler de Renseignement.

— Le combat politique ne l'intéresse plus ?

— Absolument plus. Si j'ai bien saisi le fond de sa pensée, elle s'était laissé entraîner dans le circuit parce qu'elle était amoureuse de Stefan.

— Pour en revenir au nœud du problème, ne serait-il pas opportun d'avoir des informations concernant le rival de Lucar ?

— Bien entendu. Je vais non seulement mettre Daraux en piste, mais j'ai également l'intention de retourner, ce soir même, interviewer Kosic.

— Oui, c'est à tenter, approuva Lisa. En tout état de cause, nous ne ferons rien de valable si nous ne sommes pas documentés à fond sur tous ceux qui, de près ou de loin, ont joué un rôle dans l'écroulement du réseau Lucar.

***

Il était un peu plus de dix-sept heures, ce même dimanche, lorsque Coplan et Lisa, à bord de leur Fiat de location, quittèrent le centre de Belgrade pour gagner la banlieue sud-ouest.

Après une longue virée à travers le faubourg de Banjica, ils se dirigèrent vers la lisière du parc Kosutniak et ils passèrent à faible allure dans l'avenue Spanca, une avenue qui longeait l'immense jardin public.

Le temps était radieux. De nombreuses familles, profitant du repos dominical, se promenaient.

Prévenu par Lisa, Coplan put apercevoir, dans son cadre de verdure, la jolie maison ancienne de la famille Lucar.

Blanche et carrée, de style rustique, avec un vénérable toit de tuiles couvertes de mousse, entourée de pelouses et de massifs d'arbustes, elle évoquait les demeures bourgeoises de la seconde moitié du XIXe siècle. Les portes et les volets étaient fermés, le jardin désert. Chose étrange, les pelouses fraîchement tondues, les arbustes soigneusement taillés, les allées ratissées soulignaient, par contraste, la tristesse qui semblait peser sur cette maison endormie.

Poursuivant leur route, les occupants de la Fiat mirent le cap sur le hameau de Rakovica et ils contournèrent bientôt la modeste bourgade où les vieilles bicoques paysannes se mêlaient aux pavillons résidentiels modernes.

Francis, au volant, se conformait docilement aux indications que lui donnait Lisa. Celle-ci prononça soudain :

— Ralentis... C'est à droite, l'avant-dernière maison qui borde la route. Tu la vois ? C'est la maisonnette blanche avec une dépendance attenante... Tu pourras garer la voiture un peu plus loin, sur la place.

Quelques instants plus tard, Coplan s'arrêtait sous des arbres feuillus, en bordure d'une placette paisible. L'endroit sentait encore la campagne et le village. Des enfants endimanchés jouaient librement sur la minuscule esplanade où poussait une herbe folle. Des chats peu farouches erraient devant les maisons basses et délabrées.

Coplan et Lisa débarquèrent. Francis verrouilla les portières de la Fiat, prit le bras de Lisa.

— Allons-y, dit-il.

Ils repartirent vers le hameau.

Comme il n'y avait pas de sonnette à la maison du vieux Vasil Jovic, Coplan frappa discrètement à la porte de bois. Il y eut du remue-ménage à l'intérieur de la bicoque, puis le battant s'écarta chichement. Dans la pénombre, un visage de vieille femme se laissa deviner.

Lisa se mit à parler en serbe, sur un ton enjoué. La porte s'ouvrit plus franchement, tandis que la petite vieille au faciès rond et plissé répondait d'une voix aimable. Les visiteurs pénétrèrent dans un couloir plein d'ombre fraîche. La maîtresse de maison, volubile, prévenante, les introduisit dans une salle à manger paysanne, très propre, silencieuse comme un sanctuaire. Avec des gestes rapides, elle ôta les housses de cotonnade qui recouvraient quatre fauteuils et un canapé de style 1900.

Un portrait du maréchal Tito ornait le mur principal, au-dessus du canapé. En face, une Sainte Vierge trônait dans un cadre doré.

Coplan et Lisa furent priés de prendre place. Après quoi, la femme disparut.

Elle se ramena deux minutes plus tard, précédée d'un septuagénaire aux cheveux blancs, au visage rugueux marqué de couperose et buriné de rides. C'était Vasil Jovic, le jardinier de la famille Lucar. Grand, athlétique, encore droit et vert pour son âge, il paraissait un peu guindé dans son costume noir.

Lisa, voyant la méfiance que trahissaient les yeux gris du vieillard, se lança promptement dans un long discours en serbe. Puis, se tournant vers Coplan, elle lui fit un signe convenu.

Coplan, calmement, détacha la montre-bracelet qu'il portait à son poignet gauche, tendit la montre à Jovic. Celui-ci, sans un mot, alla ouvrir un des tiroirs de l'armoire de chêne qui occupait un coin de la pièce. Il retira du tiroir une montre-bracelet, s'approcha de la petite fenêtre, compara très attentivement les deux montres. Elles étaient identiques, et pour cause. C'était le Service qui avait imaginé ce système de reconnaissance qui avait l'avantage, d'une part, de surmonter l'obstacle de la différence des langues, et d'empêcher d'autre part tout malentendu, toute tentative d'intoxication, cette marque de montres n'étant pas vendue à l'Est.

Vasil Jovic, visiblement satisfait, revint vers

Francis en souriant, lui remit sa montre et lui tendit sa forte main calleuse.

— Franché, ami Serbie, dit-il.

Il s'installa à son tour dans un fauteuil, tandis que sa femme prenait dans l'armoire un service à liqueurs.

Lisa débita alors le topo qu'elle avait préalablement mis au point avec Coplan. Il s'agissait, en l'occurrence, d'amadouer le vieillard, de le mettre en confiance. Pour atteindre ce but, Lisa évoquait les malheurs de Stefan Lucar, plaignait avec une évidente sympathie le pauvre garçon qui, victime d'une odieuse cabale, avait été si injustement emprisonné. Etc.

Coplan, qui ne comprenait pas un mot, s'efforçait en vain de suivre la conversation dont il connaissait les thèmes essentiels. Mine de rien, il observait avec anxiété la physionomie de Vasil Jovic. Ce vieux bonhomme taciturne et madré ne se doutait sûrement pas des répercussions que son comportement pourrait avoir.

La vieille Mme Jovic, cérémonieusement, se mit à distribuer à la ronde le traditionnel petit verre de slivovitsa, l'eau-de-vie de prunes que les Serbes ne manquent jamais de servir à leurs hôtes.

Très coquette dans sa robe noire, la vieille dame paraissait enchantée d'avoir des visiteurs dont l'arrivée imprévue venait rompre la monotonie du dimanche.

CHAPITRE VI

Coplan eut bientôt l'impression que les paroles de Lisa tombaient dans le vide.

Le vieillard, son verre de liqueur à la main, prononçait de temps en temps une courte phrase évasive, tout en esquissant de la tête un léger mouvement de dénégation polie. Ses yeux gris étudiaient Francis.

Celui-ci, impassible, pestait intérieurement. Jamais il n'avait déploré à ce point — lui qui parlait couramment une dizaine de langues — d'avoir négligé l'étude du serbe ! Ce vieux schnoque allait-il déjouer le piège que les propos insidieux de Lisa lui tendaient ?

Lisa, se tournant vers Coplan, lui dit en français :

— Stefan a quitté Belgrade il y a trois semaines, mais il n'a pas révélé où il allait. Il a promis de donner de ses nouvelles plus tard, dans quelques mois.

— A-t-il parlé du matériel ?

Lisa posa la question au vieillard, traduisit la réponse :

— Oui, il a prié Jovic de remettre les deux valises qui restent à la personne qui viendrait les réclamer avec une montre identique au modèle.

— Et la troisième valise ?

Lisa traduisit la question, donna la réponse :

— Stefan est venu la chercher.

Sans dévoiler l'intérêt que ce détail avait éveillé en lui, Coplan insista :

— Il est venu la chercher quand ?

Jovic précisa :

— Il y a trois semaines, le jour de son départ en voyage.

Puis, il demanda, par le truchement de Lisa, si les visiteurs avaient l'intention d'emporter les deux valises.

Francis hésita une fraction de seconde, puis :

— Dis-lui que quelqu'un viendra les chercher prochainement, mais que je voudrais vérifier ce qu'elles contiennent.

Informé, le vieux jardinier vida son verre, se leva, parla à Lisa qui traduisit :

— Il va nous conduire à la cachette.

Coplan vida également son verre, se leva, se tourna vers Lisa et lui chuchota à mi-voix, en remuant à peine les lèvres :

— Reste ici et entreprends la vieille, je crois qu'elle est moins coriace.

Lisa opina sans répondre.

Coplan, à la suite de Jovic, quitta la pièce, longea le vestibule, traversa une petite cour couverte, pénétra dans la dépendance, une sorte de hangar où étaient remisés des outils de jardinage, des baquets à lessive, des fagots de bois mort et d'autres objets mis au rancart.

Avec cette lenteur propre aux jardiniers, Jovic entreprit de déplacer les fagots, démasquant une trappe dont il souleva l'abattant de bois. Avant de descendre dans la cave, il se munit d'une torche électrique placée sur le rebord d'une saillie de l'un des murs. Il alluma la lampe, prit les devants pour s'enfoncer dans le sous-sol.

Ils arrivèrent dans un vaste local rectangulaire, frais et humide, aux parois de moellons bruts, au sol de terre battue. Dans un coin, des bouteilles de vin, poussiéreuses, se bonifiaient paisiblement. Dans un autre coin, protégées par une vieille couverture de laine élimée, étaient rangées les valises de cuir qui contenaient le matériel que le S.D.E.C. avait mis à la disposition de Lucar en vue d'éventuelles missions délicates (missions qui n'avaient d'ailleurs jamais eu lieu).

Eclairé par la torche que tenait Jovic, Francis s'agenouilla, ouvrit posément la première valise, inspecta les appareils qui s'y trouvaient, sortit son agenda de poche et inscrivit sur un feuillet de celui-ci quelques signes cabalistiques que personne n'aurait pu déchiffrer. Dans la deuxième valise, outre des armes soigneusement emballées, il y avait un coffret métallique.

Coplan ouvrit le coffret, constata qu'il était vide, le referma.

Jovic, le masque impénétrable, observait les gestes de Coplan qui, pour gagner du temps, décida de recommencer l'inventaire, mais plus en détail, cette fois.

Finalement, ils remontèrent et ils retournèrent près des femmes, dans la salle à manger du modeste ménage. Lisa et la vieille bavardaient à perdre haleine.

Il y eut une seconde tournée de slivovitsa, une ultime conversation (dénuée d'importance) entre Lisa et Jovic, et la visite se termina.

Tandis qu'ils regagnaient d'un pas tranquille la Fiat, Coplan questionna :

— Alors ?

— Tu avais raison, la vieille a marché. Ils ne savent pas où Stefan s'est retiré, mais ils ont une adresse pour les cas d'urgence. C'est une tante de Lucar, une dame très âgée, paraît-il, qui sert de boîte aux lettres.

— Où ? fit Coplan, impatient.

— A Dubrovnik.

— Comment as-tu fait pour obtenir ce tuyau ?

— Je lui ai parlé d'un problème que les hommes ne connaissent pas, qu'ils sont trop fiers pour aborder : le manque d'argent. Je lui ai expliqué en confidence que nous cherchions le moyen de faire parvenir au cher Stefan une certaine somme que des amis de France désiraient lui prêter pour qu'il n'ait pas de soucis sur ce plan-là. J'ai ajouté qu'elle ne devait rien dire à son mari, que je lui parlais de femme à femme.

— Bien joué, ponctua Francis, enchanté.

— Naturellement, rien ne prouve que Lucar se soit rendu à Dubrovnik pour s'y cacher.

— Ce qui compte, c'est d'avoir une piste. De mon côté, j'ai fait une découverte bizarre : Lucar a emporté toutes les réserves financières de son réseau, deux automatiques et un lot de micro-émetteurs, de magnétophones, etc. Je me demande ce que cela signifie.

Ils regagnèrent l'hôtel *Moskva,* dînèrent de bonne heure, firent une courte balade autour de Terazije, revinrent à l'hôtel. Puis, à 21 heures, Coplan repartit seul.

A pied, il se dirigea vers le boulevard Franse Deperea. Vingt-cinq minutes plus tard, il sonnait à la porte de Michel Kosic, au second étage du H.L.M. de la rue du Docteur Ivkovica.

La porte s'ouvrit presque instantanément. Le jeune Yougoslave, en se trouvant nez à nez avec Francis, eut de nouveau son expression inquiète, contrariée.

Coplan, avec un sourire avenant, murmura :

— C'est encore moi. Vous permettez que j'entre un moment ?

Kosic, sans répondre, s'effaça pour laisser le passage à son visiteur.

La porte refermée, Francis prononça :

— J'avais promis de ne plus vous importuner, mais un fait nouveau m'oblige à recourir à vos lumières. Figurez-vous que j'ai eu des nouvelles de l'ancienne secrétaire de Stefan..., et que j'ai appris une chose étonnante : cette fille, qui était aussi la maîtresse de Stefan, l'a trompé avec un certain Marco Stalanic. Est-ce que vous connaissez cet individu ?

— Oui. Je l'ai rencontré chez Stefan au cours d'une petite soirée amicale. Maria Vazina était là aussi, d'ailleurs. Quand Stalanic a su que je travaillais dans une agence de voyages, il m'a parlé des pays étrangers qu'il avait visités. Nous avons échangé des impressions. En fait, je le connais de vue, mais cela ne va pas plus loin.

— Quel était l'objet de cette soirée amicale ?

— Rien de particulier. Bavarder, boire un verre, écouter des disques...

— A quel titre Stalanic avait-il été invité par Stefan ?

— Ils avaient travaillé ensemble à un long rapport concernant le Comecon, et ils avaient l'air d'avoir une certaine sympathie l'un pour l'autre.

— De quelle tendance est-il, Stalanic ?

— C'est difficile à dire. Il a des amitiés et des protections dans tous les clans politiques. Je crois que c'est pour le sonder que Stefan l'avait invité ce soir-là.

Coplan opina, fit quelques pas dans la pièce, demanda, en dévisageant son interlocuteur :

— Au cours de cette soirée, n'avez-vous rien remarqué entre Maria Vazina et Stalanic ?

— Non, mais je m'étais aperçu que Maria était très en beauté, cette fois-là. De plus, elle était pleine d'entrain, spirituelle, vive. Si je me souviens bien, elle aurait voulu qu'on finisse la soirée au Stadion. Elle avait envie de danser.

— Avez-vous été au courant, par la suite, de la rivalité amoureuse qui a opposé Stefan et Stalanic ?

— J'ai eu des échos de cette histoire, oui. Mais Stefan ne m'en a jamais parlé franchement. Il ne m'a d'ailleurs plus jamais parlé de Stalanic.

— Où est-il, à présent ?

— Qui ? Stalanic ?

— Oui, évidemment.

— Comment voulez-vous que je le sache ? Il est toujours en voyage. Comme il représente notre pays au Comecon, il participe à toutes les conférences internationales de cette organisation économique.

— Vous le voyez encore ?

— Oui, cela m'arrive de le rencontrer à l'aéroport, quand je suis de service pour l'agence. Il circule beaucoup en avion, forcément. Quand il m'aperçoit, il vient me serrer la main... Puis-je savoir pour quelle raison vous me posez toutes ces questions ?

— Ce Stalanic m'intéresse.

— Je m'en rends bien compte, mais pourquoi ?

— Parce que je le soupçonne d'avoir dénoncé Stefan, révéla froidement Coplan.

— Vous êtes fou ? Pourquoi aurait-il fait cela ?

— Stefan a dû lui reprocher de l'avoir trahi en lui volant sa maîtresse ; les deux hommes ont dû se disputer. Or, vous connaissez le caractère de Stefan. Quand les choses ne vont pas comme il le désire, il a la dent dure. A la suite de cela, Stalanic a sans doute juré de se venger, et il était bien placé pour le faire.

— Bien placé ? A quel point de vue ?

— C'est une fuite concernant le Comecon qui a provoqué l'arrestation de Stefan.

— Comment le savez-vous ?

— J'ai pris mes renseignements.

Le jeune Yougoslave, haussant ses épaules étroites, maugréa sur un ton rancunier :

— A mon avis, vous faites fausse route. Pour commencer, Stalanic se fiche pas mal de Stefan ; il a un grade plus élevé que lui, aussi bien dans le Parti que dans l'administration. De plus, ce n'est pas le type à se venger aussi bassement pour une histoire de femmes. Il a toutes les filles qu'il veut.

— Ah ! oui ? Et pourquoi ?

— Parce qu'il est beau, grand, costaud, élégant, et qu'il dispose de beaucoup d'argent. Les mauvaises langues prétendent que c'est grâce à sa complaisance à l'égard des dames qu'il a fait une carrière aussi rapide, aussi brillante.

— Bref, vous ne le jugez pas capable de donner un rival à la K.O.S. pour assouvir une vengeance ?

— Non.

— C'est dommage, soupira Francis. J'avais un coupable, un mobile, une explication logique : tout collait parfaitement.

Kosic consulta sa montre et murmura :

— Je dois m'en aller dans dix minutes. J'ai des clients anglais qui arrivent à l'aéroport et je dois les installer à leur hôtel. Si vous avez encore des choses à me demander, faites-le rapidement.

— Non, plus de questions à vous poser. Je quitte Belgrade mardi, vous ne me reverrez donc plus.

— Si je comprends bien, vous n'avez pas réussi à retrouver Stefan ?

— Non, malheureusement. Si vous étiez à ma place, que feriez-vous ?

— Je n'en sais rien, fit Kosic, étonné.

— Le Service m'a confié une mission, et j'aimerais pouvoir la remplir.

Tout en parlant, Coplan se remit à déambuler dans la pièce, les deux mains dans les poches de son pantalon, le front penché.

— Voyez-vous, Kosic, continua-t-il, je prends mon métier très à cœur. Une tâche comme celle-ci ne me déplaît pas, bien au contraire. Retrouver un homme qui a disparu sans laisser la moindre trace, découvrir les dessous d'une mystérieuse affaire de dénonciation dont les éléments réels sont enfouis dans les dossiers du juge d'instruction, recontruire un réseau anéanti..., c'est une entreprise qui exige de la patience, de la finesse psychologique, un moral à toute épreuve, mais c'est passionnant, croyez-moi !

Il s'arrêta devant Kosic, lui tendit la main.

— Je ne vous retiens pas davantage. Si vous venez à Paris pour votre agence, faites-moi signe. Je suppose que Stefan vous avait donné le numéro de téléphone ?

— Oui.

— Nous ferons une virée ensemble, et je vous promets de ne pas vous embêter avec mes problèmes professionnels.

Kosic, avec un sourire mi-figue mi-raisin, serra la main de Coplan et s'empressa de le reconduire vers la sortie.

***

La journée du lendemain fut principalement occupée par un déjeuner officiel offert par les responsables yougoslaves à M. et Mme Carpin, ce déjeuner marquant la fin des pourparlers préliminaires à la visite de la mission économique française.

Après ce banquet, Coplan raccompagna Pierre Daraux à l'ambassade.

Daraux avait préparé pour Francis un petit dossier confidentiel concernant Marco Stalanic. En vérité, le dossier en question ne contenait pas grand-chose : une biographie de l'intéressé, quelques supputations quant à ses opinions politiques, une note indiquant son rôle au sein du Parti et une dizaine de coupures de presse relatant des interventions du délégué yougoslave du Comecon au cours des récentes assises de cette organisation.

Coplan fit la grimace.

— Eh bien ! mon vieux, ricana-t-il, si c'est avec de la camelote pareille que vous envisagez de servir d'antenne au S.D.E.C., vous vous faites des illusions.

— Je reconnais que c'est maigre, admit Daraux. Mais je poursuis mes investigations. Si j'obtiens des tuyaux plus importants, je les transmettrai directement à Paris.

— Je veux surtout être documenté sur les amitiés occultes de Stalanic. Les opinions qu'il affiche, je m'en balance.

— Comme il ne fait jamais que de brefs séjours à Belgrade, ce n'est pas facile de récolter des informations privées à son sujet.

— Pardi ! Si c'était facile, je saurais déjà à quoi m'en tenir. Enfin, continuez vos recherches et tenez-moi au courant via le Service. N'oubliez pas non plus de tenir Michel Kosic et Maria Vazina à l'œil.

Sur ces recommandations, Coplan regagna son hôtel. Lisa était déjà en train de faire les bagages, le départ ayant lieu de très bonne heure le lendemain matin.

Après le dîner, Francis décida d'aller reporter la Fiat à l'agence de location.

La voiture était garée dans une petite rue tranquille, derrière la place du Marché.

Coplan venait d'introduire la clé dans la serrure de la portière de la Fiat, quand trois individus athlétiques, vêtus de complets sombres, surgirent de l'ombre. Sans hâte, avec une détermination impressionnante et un ensemble parfait, les trois inconnus, coude contre coude, s'amenèrent dans le dos de Francis, le plaquèrent contre la voiture en lui bloquant les bras et les jambes pour l'empêcher de réagir. D'un coup de matraque, un des assaillants assomma Coplan qu'un autre maintint debout.

Tout s'était passé si vite, si discrètement, si silencieusement, que même les passants n'auraient pas pu réaliser qu'une agresssion venait d'être commise.

Un des costauds ouvrit la portière, laissa tomber Francis en douceur sur le siège. Un autre prit le volant, et la Fiat démarra.

CHAPITRE VII

C'est la douleur qui tira Coplan du néant.

Il ouvrit les yeux, les referma aussitôt, s'abstint de faire le moindre mouvement.

Il avait l'impression pénible qu'on lui martelait l'arrière du crâne à grands coups de gourdin. Et, à chaque coup, une souffrance fulgurante lui secouait toute la tête, se prolongeant jusque dans sa poitrine et dans son ventre.

Malgré la transpiration qui lui mouillait le dos et les aisselles, il frissonna de froid. Pourquoi diable éprouvait-il en même temps une sensation de chaleur et de fraîcheur ?

Quelques secondes s'écoulèrent.

En dépit du bourdonnement de ses tympans, il perçut, comme en surimpression, un silence étrange.

Il ouvrit de nouveau les yeux, ne vit rien, sinon du noir.

« Je suis aveugle ! » pensa-t-il, la gorge sèche.

Mais non, il n'avait pas perdu l'usage de la vue, puisqu'il distinguait maintenant quelque chose qui brillait à cinquante centimètres de son visage.

Il aspira lentement une profonde bouffée d'air, remua avec prudence, testa successivement le fonctionnement de sa nuque, de ses bras, de ses jambes. Enfin, non sans effort, il redressa le buste, prit une conscience plus exacte de sa situation.

Ses agresseurs l'avaient installé au volant de la Fiat, le plaçant dans la position d'un conducteur exténué qui s'accorde une petite sieste pour récupérer des forces. Et, en effet, il avait dormi ainsi, tassé dans son siège, l'épaule contre la portière dont la vitre avait été baissée.

La chose brillante qu'il avait vue, c'était le reflet de la vitre du pare-brise.

Reprenant peu à peu un usage normal de ses facultés, Coplan se massa l'occiput.

De toute évidence, les gars qui l'avaient attaqué n'étaient pas des amateurs. Ni des apprentis. Pour faire ce qu'ils avaient fait, en pleine ville, sans bavures ni pépins, il fallait avoir de l'entraînement et du métier.

Chose bizarre, cette première conclusion lui procura un vif sentiment de satisfaction.

Il fouilla ses poches, constata qu'on ne lui avait absolument rien dérobé.

Ayant fait de la lumière dans la berline, il aperçut les clés de contact sur le siège à côté de lui. Une page d'agenda de poche, roulée, avait été glissée dans l'anneau-réclame du petit trousseau.

Il prit les clés et le papier, mit le contact, alluma ses grands phares, descendit de voiture.

Autour de lui, c'était l'immense nuit campagnarde. Ses ravisseurs l'avaient abandonné en plein bled. Mais où ? Il consulta sa montre : une heure moins quelques minutes.

Un rapide calcul lui apprit que deux heures avaient dû s'écouler depuis le moment où il avait été assommé.

Dans le faisceau lumineux des phares, il put déchiffrer le billet ; en français, rédigé en majuscules, le message anonyme disait :

« N'INSISTEZ PAS. VOUS FERIEZ DU TORT A LA CAUSE QUE VOUS VOULEZ SERVIR. ATTENTION, CECI EST UN DERNIER AVERTISSEMENT. »

Un dernier avertissement ? Dans quel sens fallait-il prendre cette mise en garde ?

Coplan fourra le papier dans sa poche, alluma une Gitane, fit le tour de la Fiat en donnant un coup de pied dans chaque pneu, histoire de vérifier si ses mystérieux agresseurs n'avaient pas essayé de retarder son retour en ville.

Non, la voiture n'avait pas été sabotée. Le moteur se mit en marche au premier appel.

La Fiat cahota sur le chemin de terre où elle avait été garée, rejoignit une petite route déserte, s'élança à bonne allure sans savoir où elle allait.

Enfin, après vingt minutes, à une bifurcation, Francis pu découvrir qu'il se trouvait à 35 kilomètres au sud de Belgrade. Dès lors, il put regagner la ville sans autre problème.

Le gardien de l'agence de location fut assez

estomaqué de voir arriver à une heure pareille un client étranger qui venait restituer un véhicule. Il fit néanmoins le nécessaire pour régler la question. Comme il parlait un peu d'allemand, Coplan lui expliqua qu'il avait passé la soirée chez des amis et qu'il quittait la Yougoslavie à l'aube. Il gratifia le type d'un bon pourboire.

A l'hôtel, Lisa ne dormait pas. Elle était couchée, mais sa lampe de chevet était allumée. Quand Francis entra dans la chambre, elle le scruta d'un regard anxieux.

Il murmura en souriant :

— Excuse-moi, j'ai rencontré des amis qui m'ont entraîné dans une boîte.

Un doigt sur la bouche il prit dans sa poche le message de ses assaillants et il le lui tendit.

*
* *

Le surlendemain matin, à Paris, dans le bureau du Vieux, Coplan, en présence de Lisa, fit un rapport verbal — complet et circonstancié — de son séjour à Belgrade.

Le Vieux, tout en suçant sa pipe, écouta très attentivement. Francis, en guise de conclusion, prononça sur un ton un peu sarcastique :

— Les résultats ne sont pas brillants, j'en conviens, mais je vois trois points qui valent la peine d'être retenus : en reprenant la piste à Dubrovnik, nous avons peut-être une chance de retrouver la retraite de Lucar. C'est le premier point. Le deuxième, c'est l'intérêt que présente le nommé Marco Stalanic. Ce personnage a dû jouer un rôle dans l'affaire, j'en suis convaincu. Tous les éléments que j'ai recueillis convergent vers lui : ses fonctions au sein de la commission du Comecon, sa rivalité avec Lucar, son intimité avec Maria Vezina. Enfin, troisième point : mes démarches ont déclenché, dans le camp de nos adversaires, une sonnerie d'alarme. Leur intervention de dernière heure sur ma personne le prouve indiscutablement.

— Exact, ponctua le Vieux du coin de la bouche. Mais il y a un quatrième point qui mérite également d'être retenu : Stefan Lucar, malgré son non-lieu, continue à se sentir menacé. C'est très important pour nous, et il faudra que vous en teniez compte pour la suite. Je vous donnerai une équipe de protection à Dubrovnik, et j'établirai une liaison permanente entre vous et moi. De cette manière, si Daraux me fournit des informations complémentaires, vous en profiterez instantanément.

Il resta pensif un moment, retira sa pipe de sa bouche, dévisagea Coplan et questionna :

— Vous connaissez Dubrovnik ?

— Très superficiellement. J'y ai fait escale, il y a quelques années, et cela m'a permis de faire une visite-éclair de la vieille ville.

— Et vous, Lisa ?

— Non, je n'y suis jamais allée.

— Bon, le Service vous documentera avant votre départ.

Coplan s'enquit :

— Quand partons-nous ?

— Demain matin. Il ne faut pas laisser refroidir la piste.

— Comment voyez-vous ce séjour à Dubrovnik ?

— De la façon la plus normale : M. et Mme Carpin, enchantés de l'accueil qui leur a été réservé à Belgrade, ont décidé de prendre quelques jours de vacances à Dubrovnik. Cette station balnéaire attire des gens du monde entier. La douceur du climat, la beauté du site, le confort des hôtels, tout se conjugue pour faire de Dubrovnik l'endroit rêvé pour se reposer. Et, comme la ville abrite plus de touristes étrangers que d'indigènes, vous n'attirerez pas l'attention.

— Si je comprends bien, glissa Francis, ironique, nous ne changeons pas d'identité, Lisa et moi ?

— Fichtre non ! bougonna le Vieux. C'est sous le nom de François Carpin que vous avez été repéré par nos mystérieux concurrents. C'est un danger, bien sûr, mais c'est aussi un avantage. A vous de manœuvrer avec un peu d'intelligence et beaucoup de doigté.

* * *

Via Zagreb — plaque tournante du réseau aérien yougoslave —, Coplan et Lisa arrivèrent à Dubrovnik le vendredi suivant, à huit heures du soir.

Ils s'installèrent dans un superbe appartement moderne de l'hôtel *Excelsior*, au troisième étage du nouveau bâtiment, face à la mer.

Lorsque, le lendemain matin, à sept heures, Lisa découvrit de la terrasse de la chambre le paysage qui s'étalait devant ses yeux, elle en fut émue. La lumière pure de l'aurore étirait des scintillements d'argent sur l'étendue bleue de la mer. A gauche, les falaises du mont Zarcovica dressaient leur masse de roche et de verdure ; en face, émergeant comme un bouquet vert posé sur l'onde, il y avait la petite île de Lokrum, couverte de frondaisons touffues ; à droite, enfin, on avait une vue plongeante sur la vieille cité médiévale de Dubrovnik, véritable joyau rose et gris, d'une splendeur plus proche du rêve que de la réalité. Enfermée dans ses remparts, avec ses forteresses et ses grosses tours rondes, la vénérable ville formait une sorte de presqu'île semi-circulaire défiant crânement l'horizon marin et ses menaces.

Cette vision, pareille à une estampe du treizième siècle, évoquait irrésistiblement les voiliers de jadis, les hardis navigateurs, les pirates et les corsaires.

Lisa, abîmée dans sa contemplation, resta un long moment immobile, respirant la fraîcheur douce de l'air matinal.

Coplan, en robe de chambre, pieds nus, vint la rejoindre sur la terrasse, lui prit affectueusement les épaules et savoura à son tour cet instant de grâce.

Lisa murmura :

— Je crois que j'avais oublié que le monde pouvait être si beau, si pur.

Francis opina. Puis, avec un rien d'ironie dans la voix, il déclara :

— Pour une fois, il faut reconnaître que les prospectus publicitaires ne mentent pas : c'est vraiment *la Perle de l'Adriatique.*

Trois heures plus tard, appareil de photo en bandoulière, ils quittèrent l'hôtel et, comme font tous les touristes, ils partirent à la découverte de la vieille ville.

Le soleil brillait dans un ciel bleu sans fin ni limites, les palmiers balançaient mollement leurs têtes emplumées, les petits bateaux entraient et sortaient du vieux port, des adolescents et des adolescentes au teint doré se promenaient aux abords du lycée en dévorant à belles dents d'énormes sandwiches.

En ce début de mai, la vie à Dubrovnik avait un charme élégiaque surprenant. Tout était calme, poétique, lumineux.

La ville ancienne, avec ses ruelles étroites, ses passages couverts, ses escaliers innombrables, ses cours intérieures, ses maisonnettes moyenâgeuses, ses chapelles, ses couvents, ses églises et ses palais italiens, apparaît d'abord comme un décor de théâtre aux détours enchevêtrés, compliqués. Cependant, on s'aperçoit très vite que le tracé de l'agglomération répond à un ordre logique et rigoureux qui n'a été altéré ni par les apports des générations successives ni par les tremblements de terre périodiques. De part et d'autre d'une avenue centrale — ancien bras de mer —, les rues adjacentes, perpendiculaires, grimpent jusqu'aux murailles épaisses qui enserrent la cité.

Cette avenue centrale, la Placa — que les autochtones appellent plus familièrement *Stradun* —, constitue le cœur de la ville. Elle s'étire d'est en ouest, reliant les deux portes fortifiées.

La partie la plus ancienne, la plus pauvre et la plus touchante, se trouve au sud de la Placa. Au nord, on trouve les belles demeures patriciennes construites à l'époque de la Renaissance par les armateurs enrichis.

C'est dans cette partie-là que Coplan et Lisa flânèrent le plus longuement. C'était là, en effet, dans la pittoresque rue Prijeko — le régal des amateurs de vieilles pierres —, que résidait Klara Dagulic, la tante de Stefan Lucar.

Cette rue Prijeko, qui n'a pas plus de deux mètres de largeur, offre un curieux mélange de raideur aristocratique et de laisser-aller populaire. Certains immeubles, élégants et nobles, aux lourds balcons de pierre, évoquent la splendeur de Vérone. D'autres, plus modestes, ont cet aspect intime et débraillé du sud de la Méditerranée : linge familial séchant sur des cordes tendues au-dessus de la tête des passants, fenêtres fleuries, ménagères échangeant des propos de porte à porte.

Sans jamais s'arrêter ostensiblement devant le numéro 294, Coplan et Lisa prirent le maximum de points de repère. La maison de Klara Dagulic comportait trois étages, une façade plate, étroite, une porte en chêne surmontée d'une lanterne. Une ruelle moins large encore, entièrement en escalier, aux marches de pierre usées, s'amorçait juste devant l'entrée de l'habitation.

En somme, le hasard avait bien fait les choses. Grâce à cette petite voie perpendiculaire, le domicile de Klara Dagulic n'était pas trop difficile à surveiller.

Réconfortés par cette découverte, Coplan et Lisa poursuivirent leur visite. Ils firent évidemment la promenade des remparts, photographièrent les pigeons de la place du Marché, admirèrent le palais Sponza et rentrèrent à l'hôtel fourbus.

En fin d'après-midi, ce même jour, ils firent leur jonction avec l'équipe de protection que le Vieux leur avait accordée.

Le rendez-vous, minutieusement mis au point par le Vieux lui-même (il avait séjourné naguère à Dubrovnik), devait avoir lieu à Lapad, le gros faubourg résidentiel qui s'étend à l'ouest de la vieille ville et qui constitue en fait l'extension moderne de Dubrovnik.

Pour s'y rendre, Coplan et Lisa empruntèrent l'inénarrable tramway couleur chocolat, à voie unique, qui relie en ferraillant la porte de Pile au port de Gruz.

Là, après une promenade de sécurité jusqu'au grand quai où accostent les navires, ils firent demi-tour et ils se dirigèrent vers le building du magasin Minceta — sorte de Prisunic de l'Etat, le seul et unique grand magasin de la province —, où ils firent quelques achats, histoire de déambuler entre les rayons.

Ensuite, désirant se désaltérer, ils montèrent

au café-restaurant installé à la terrasse du troisième étage.

André Fondane et Suzy Lorelli étaient déjà là, attablés devant une bière. Un peu plus loin, Jean Legay, seul, buvait un jus de fruit. D'autres touristes — des Anglais, des Allemands et des Scandinaves — prenaient également des rafraîchissements et bavardaient d'un air las, sans conviction.

Après six heures du soir, c'est bien connu, les touristes sont morts de fatigue.

Cette première prise de contact — uniquement visuelle — n'avait qu'un but : vérifier si tout le monde avait rejoint son poste comme prévu.

Leurs consommations finies, les cinq agents du S.D.E.C. quittèrent la terrasse du café-restaurant par départs échelonnés : d'abord Coplan et Lisa, puis Fondane et Suzy, enfin Legay.

Ils se retrouvèrent tous, trois quarts d'heure plus tard, à l'entrée de Dubrovnik, dans le parc de Gradac. Là, dans les allées tranquilles, ils purent se concerter discrètement, à l'ombre déjà crépusculaire des pins parasols.

Fondane et Suzy, munis de passeports italiens qui attestaient qu'ils étaient mariés, logeaient, eux aussi, à l'hôtel *Excelsior,* au second étage de l'ancien bâtiment, chambre 206.

— C'est un excellent observatoire, expliqua Fondane. Nous occupons une chambre qui fait le coin de l'immeuble et nous avons une vue parfaite sur la sortie de l'hôtel.

Suzy, une petite brune ravissante, toujours de bonne humeur, ajouta en riant :

— C'est la dix-septième fois que je séjourne dans un hôtel avec un faux mari ! Le Vieux me gâte !

Et, s'adressant directement à Lisa, elle lui demanda :

— Je suppose que Francis te plaît comme époux légitime ?

Lisa, en dépit de sa placidité naturelle et de sa maîtrise, ne put s'empêcher de rougir.

— Oui, dit-elle, c'est un bon mari.

Fondane enchaîna :

— Soyons sérieux, nous ne sommes pas ici pour rigoler. Nous avons repéré la maison où habite Klara Dagulic, et j'ai l'impression que ça ne se présente pas trop mal. A mon avis, deux guetteurs suffiront pour contrôler les allées et venues des occupants de cet immeuble. L'ennui, c'est que nous n'avons pas le signalement de cette bonne femme.

— Je pense que nous ne tarderons pas à l'avoir, prononça Coplan. En fait, ce sera le premier travail de Lisa : identifier la tante de Stefan Lucar et la photographier. Quand cela sera fait, nous nous organiserons de manière à avoir une surveillance presque continue.

Jean Legay, un costaud aux épaules trapues, au petit front têtu, intervint sur un ton bougon :

— Ce que je voudrais bien savoir, moi, c'est la raison pour laquelle le Vieux a mobilisé tant de monde sur cette affaire. D'après ce qu'il m'a raconté, il s'agit simplement de retrouver un collègue qui vient de sortir de tôle et qui s'est planqué sans nous fournir la moindre explication.

— C'est exact, opina Coplan, mais ce n'est pas si simple que ça. Notre ancien collègue, Stefan Lucar, se cache parce qu'il a reçu, le jour même de sa sortie de prison, des menaces de mort. Des menaces anonymes, bien entendu.

— De toute façon, spécifia Legay, je ne viens qu'en troisième position. Mon rôle essentiel, c'est de faire la liaison entre vous quatre et un quidam qui se nomme Krijaka. Ce Krijaka, que j'ai vu ce matin, est tenancier de bistrot dans la petite rue Rokom. Il est correspondant occasionnel du Vieux.

— Très bien, acquiesça Francis. Où loges-tu ?

— A l'hôtel *Argentina*, juste à côté de l'*Excelsior*.

— Bon. Si j'ai besoin de toi, je te ferai signe. En attendant, tu t'occupes simplement de garder le contact avec le Vieux, par le truchement de ce Krijaka. Je te tiendrai au courant de ce qui se passe et je te garde en réserve pour les cas de force majeure.

Suzy Lorelli questionna :

— Comment Lisa va-t-elle s'y prendre pour identifier Klara Dagulic ? D'après ce que j'ai déjà pu voir, les indigènes et les touristes étrangers, ce sont deux mondes qui ne se mélangent pas. L'entreprise me paraît singulièrement scabreuse.

— Elle l'est, sans aucun doute, fit Coplan, soucieux. Si nous montrons le bout de l'oreille, tout s'écroule. Lucar se tient probablement sur ses gardes, et s'il flaire le moindre danger, il changera de cachette. Vous pensez bien que s'il a pris tant de précautions pour brouiller sa piste, il n'a certainement pas négligé la protection de sa boîte aux lettres !

— Sans compter qu'il est du métier, jeta Suzy.

— Justement, opina Francis. Et ceci doit nous inciter à éviter les excès de zèle intempestifs. Entre le risque et la sécurité, nous devons choisir la sécurité. Du moins, jusqu'à nouvel ordre.

Fondane rappela judicieusement :

— Il y a aussi le problème de ta sécurité personnelle et de celle de Lisa. Contrairement aux apparences, la police est vigilante et omniprésente dans ce pays. Or, du fait de votre séjour à Belgrade, vous n'êtes pas des inconnus. Et vous avez été menacés, vous aussi.

— Nous ne l'oublions pas, assura Coplan. Nous allons d'ailleurs examiner les modalités pratiques de notre travail.

***

Ils quittèrent le parc de Gradac comme ils étaient venus, en ordre dispersé.

Ce même soir, après le dîner, Lisa sortit de l'hôtel, seule, vêtue d'un manteau de voyage gris foncé, et elle prit la direction de la vieille ville. Sous le prétexte d'aller faire un peu de lèche-vitrines à la Placa, elle voulait surtout commencer à prendre le vent au sujet de Klara Dagulic. Pour ces premiers sondages, la présence de Coplan à ses côtés n'était pas souhaitable. La meilleure tactique, en l'occurrence, consistait à interroger — sans en avoir l'air — les commerçants du voisinage immédiat. Dans une petite localité fermée sur elle-même, aux mœurs encore provinciales, les gens se connaissent généralement.

En arrivant à la Placa, Lisa comprit d'emblée qu'elle avait fait un pas de clerc. Toutes les boutiques de la ville étaient fermées, y compris la pharmacie (sur laquelle elle avait fondé certains espoirs). En revanche, il y avait un monde fou sur la grande place rectangulaire. Par groupes compacts, toute la jeunesse du lieu déambulait d'une extrémité à l'autre de l'esplanade, allant et venant, sans autre but que d'échanger des saluts et des plaisanteries, tout en savourant l'air frais de la nuit de printemps.

Dans ce décor irréel, dans cette ville miniature où ne circulait aucun véhicule, ce double cortège de promeneurs décontractés et rieurs, rassemblés pour une sorte de rite ancien, avait un aspect vaguement surréaliste, encore plus irréel que le reste.

Lisa, épatée, déconcertée, pensa : « On se croirait au théâtre ! »

Mais ce n'était pas du théâtre. Ces jeunes filles élégantes, très « dans le vent », et ces jeunes hommes admirablement bâtis étaient bien des créatures du vingtième siècle !

Ne perdant pas de vue ses objectifs professionnels, Lisa se mêla à la foule. Au couvent des Franciscains, près de la porte fortifiée de Pile, elle prit une ruelle à droite, tourna peu après dans la rue Prijeko.

Elle passa sans hâte devant l'habitation de Klara Dagulic, jeta un coup d'œil vers les étages. Personne aux fenêtres. Par contre, la porte de chêne était entrouverte.

En s'éloignant, Lisa se retourna comme pour admirer le jeu des ombres et des lumières dans la pittoresque venelle.

C'est alors qu'elle vit soudain Stefan Lucar qui sortait de la maison.

CHAPITRE VIII

Parfaitement maîtresse de ses nerfs, Lisa domina le choc intérieur que cette apparition inattendue avait provoqué en elle.

Le plus naturellement du monde, elle fit demi-tour et elle frôla Stefan Lucar qui venait précisément dans sa direction mais qui, préoccupé par ses pensées, ne la vit même pas.

Grâce à la lumière de la lanterne murale, Lisa put s'assurer qu'elle n'avait pas été victime d'une illusion d'optique. C'était bien Stefan Lucar. Grand et corpulent, avec des cheveux noirs, épais, ramenés vers l'arrière de la tête, le front plat, les sourcils touffus, il marchait en arrondissant légèrement le dos.

Il longea la rue jusqu'à l'avant-dernier croisement, tourna dans la rue Zudioska, déboucha dans la Placa, passa sous la voûte qui jouxte la tour de l'Horloge et remonta la rampe conduisant à la porte de Ploce.

Lisa lui emboîta le pas.

Comme Lucar ne la connaissait pas, elle ne

risquait pas grand-chose. De plus, les promeneurs étaient encore nombreux.

Après le pont-levis de Ploce, Lucar continua tout droit.

C'était l'avenue qui conduisait à l'*Excelsior !* Lisa eut un moment de frousse : si jamais Francis avait eu la malencontreuse idée de sortir pour prendre le frais, il allait se trouver face à face avec Lucar.

Heureusement, cette fâcheuse coïncidence ne se produisit pas. Lucar, laissant à sa droite l'allée d'entrée de l'hôtel, poursuivit sa route.

Après la montée que bordaient sur la gauche les bâtiments majestueux des hôtels *Excelsior, Argentina* et *Orsula,* Lucar s'engagea dans une avenue plus sombre, pratiquement déserte.

Lisa hésita.

Certes, elle avait appris l'art des filatures discrètes, mais avait-elle le droit de jouer une partie aussi délicate, une partie dont l'enjeu était aussi important ? Lucar connaissait la musique, lui aussi. Et cet itinéraire qu'il empruntait avait peut-être été choisi à dessein.

Prudente, progressant de zone d'ombre en zone d'ombre, et laissant la plus grande distance possible entre Lucar et elle, Lisa ne se résignait pas à perdre le contact.

Après un quart d'heure de marche, elle aperçut, à sa droite, la mer qui miroitait entre les arbres. Devant, il y avait une petite église villageoise avec son modeste clocher.

Lucar traversa la placette qui se trouvait devant l'église et disparut brusquement derrière l'édifice. L'avenue, qui n'allait pas plus loin, se terminait en impasse.

Alors, Lisa renonça.

*
* *

Le lendemain, en fin d'après-midi, les cinq agents du S.D.E.C. tinrent un nouveau conseil de guerre sous les ombrages du parc de Gradac. Coplan, après avoir mis ses camarades au courant, leur expliqua le plan d'action qu'il avait imaginé.

— Maintenant, dit-il, notre objectif est double. *Primo,* localiser avec précision la retraite de Lucar. *Secundo,* observer son comportement.

Suzy, avec son franc-parler habituel, objecta :

— Son comportement ? Que veux-tu dire par là ? Je croyais qu'il s'agissait uniquement de le retrouver pour avoir un entretien avec lui ?

— C'est exact, admit Francis, mais les circonstances dans lesquelles Lisa est tombée sur lui du premier coup m'incitent à modifier quelque peu mes batteries. Le fait de savoir si Lucar se rend chaque soir chez sa tante est une indication qui peut avoir son importance.

Suzy insista :

— A quel point de vue ?

— Cela signifierait qu'il est à l'affût de son courrier. Autrement dit, qu'il n'a pas rompu les ponts avec tout le monde.

— Je vois, opina la brune.

— Comme Lucar me connaît, enchaîna Coplan, je suis obligé de me retirer provisoirement du circuit. Voici la tactique que j'ai élaborée...

***

Quelques heures plus tard, Fondane et Suzy partaient en promenade du côté de l'ancien couvent Saint-Jacques. Le soir tombait, il y avait un superbe coucher de soleil sur la mer.

Fondane, très amoureux, tenait sa jeune femme par la taille et lui parlait à mi-voix.

Ils s'installèrent sur un des bancs de bois disposés face à la mer à l'intention des touristes qui aiment contempler la féerie grandiose du couchant. Il y avait plusieurs couples, l'endroit étant réputé pour son panorama.

Jean Legay, de son côté, avait dépassé la petite église et s'était courageusement engagé dans le sentier de montagne qui s'amorçait derrière le couvent. Muni d'une paire de jumelles traitées pour la vision nocturne, Legay avait pour mission de dénicher un poste d'observation lui permettant de surveiller les quelques maisonnettes rurales — les dernières à la limite est de Dubrovnik — qui s'espaçaient le long de ce sentier.

Quant à Lisa, cette fois, elle avait adopté une stratégie à la fois plus simple et plus sûre ; au lieu de se mêler à la foule des promeneurs de la Placa, elle se posta, avec d'autres touristes désœuvrés, sur les marches de l'escalier de la superbe église Saint-Blaise. De là, sans se montrer, elle ne pouvait rater Stefan Lucar s'il rendait visite, comme la veille, à sa tante Klara.

A dix minutes près, Lucar déboucha à la même heure que le soir précédent de la rue Zudioska. Et, prenant le même itinéraire, il remonta vers la porte de Ploce.

Lisa, sans se presser, se plaça dans le sillage du Yougoslave.

***

Ce n'est que le lendemain que Coplan apprit que son dispositif avait parfaitement fonctionné.

Jean Legay remit un croquis à Francis en disant :

— Lucar est entré dans la bicoque marquée d'une croix et il n'en est pas ressorti. J'ai fait une balade, ce matin de bonne heure, pour vérifier l'exactitude de mon relevé topographique. C'est au poil. J'ai même aperçu, vers neuf heures, Lucar qui traversait le jardinet en gilet de corps. Il est allé pisser dans les buissons, puis il a contemplé la mer. Il ne pouvait pas me voir ; mais moi, avec mes jumelles, j'avais l'impression de le toucher. Tu penses si je me suis senti indiscret ! Un gars qui soulage sa vessie et qui se croit seul dans la nature ne fait pas de chichis !

— Merci pour le détail, dit Francis, en riant avec les autres. Parle-moi plutôt de son visage, de son expression.

— Comparé à la photo qui figure sur sa fiche du Service, il me semble qu'il a pris un drôle de coup de vieux. Il a le teint blafard, il est sombre et morose ; bref, le faciès du gazier qui ne voit pas précisément la vie en rose.

— Y a-t-il d'autres personnes dans cette maisonnette ?

— Je n'ai vu que Lucar... Je suis resté plus de deux heures à mon poste, espérant voir d'autres têtes, mais en vain. J'ai bien l'impression qu'il est seul dans la bicoque.

— Et les parages ?

— Je n'ai rien remarqué d'insolite.

— Aucun rôdeur, aucun promeneur aux allures bizarres ?

— Rien, confirma Legay.

— Dans ce cas, je vais aller lui rendre visite vers 17 heures, c'est-à-dire dans une heure. Entre-temps, arrange-toi pour contacter le correspondant du Vieux et dis-lui de transmettre la nouvelle.

— D'accord, acquiesça Legay.

Un peu avant 17 heures, Coplan quitta l'hôtel, descendit sans se presser jusqu'à la porte de Ploce, fit demi-tour et prit la direction de l'ancien couvent Saint-Jacques.

Arrivé au « point de vue » d'où l'on dominait la mer, il s'installa sur un des bancs de bois et il alluma une cigarette. Quelques instants plus tard, Fondane et Suzy s'amenaient à leur tour pour contempler le panorama. Fondane alluma également une cigarette, indiquant par-là à Francis que la voie était libre et qu'il pouvait y aller.

Coplan se leva, traversa la place, contourna l'église et s'engagea dans le sentier.

La maison campagnarde repérée par Jean Legay était une petite bâtisse sans étage, au toit de tuiles, aux murs de pierre, aux minuscules fenêtres. Adossée à la colline, précédée d'un humble potager à moitié en friche, elle était tournée vers la mer. Le sentier passait le long du potager, un portillon en bois servant d'entrée.

Francis poussa résolument le portillon, traversa le jardin en quelques foulées souples et silencieuses, actionna la poignée de fonte et ouvrit le battant. Dans la pénombre de la bicoque, un homme, allongé tout habillé sur un grand lit paysan, se redressa sur son séant.

Coplan prononça :

— Salut, Stefan.

Le Yougoslave, les yeux écarquillés, articula :

— Coplan ! Ce n'est pas possible !

Il écarta d'un geste nerveux les journaux qui encombraient le lit, se leva, dévisagea le visiteur en silence.

Coplan se fit la réflexion que Jean Legay ne s'était pas trompé. Lucar avait vieilli. Avec son teint blême, les sillons autour de sa bouche, l'expression amère de ses lèvres décolorées, le tassement de ses épaules, il faisait penser à un homme de plus de quarante ans, alors qu'il n'en avait que trente-quatre. Vêtu d'un vieux chandail de laine brune et d'un pantalon de toile écrue, les cheveux hirsutes, il avait encore l'aspect d'un prisonnier.

Coplan s'avança dans la petite pièce rectangulaire. Comme dans les chaumières d'autrefois, l'habitation ne comportait que cette salle commune et un autre local — qui devait faire office de buanderie et de débarras —, séparé du premier par une porte de bois. Le grand lit, une armoire, une table, trois chaises et une cuisinière constituaient l'ameublement sommaire de la pièce principale.

Pour rompre le silence, Coplan murmura :

— J'ai l'impression que ma visite vous surprend, non ? Vous deviez pourtant vous douter que cette rencontre aurait lieu tôt ou tard.

— Je croyais que le S.D.E.C. me ferait confiance. Vous n'avez donc pas compris que si je m'abstenais de vous faire signe, c'est que j'avais mes raisons ?

— Non, j'avoue que nous n'avons pas compris. Il y a mille façons d'avertir ses amis, même quand il s'agit de leur demander de ne pas bouger. C'est votre silence qui nous a troublés. Pourquoi n'avez-vous pas envoyé un message à Pierre Daraux ? En code, avec votre indicatif, vous ne risquiez rien.

Lucar ne répondit pas.

Francis empoigna une des vieilles chaises, la posa près de la table.

— Alors ? fit-il en s'asseyant. Racontez-moi votre histoire. Une cigarette ?

— Je ne fume pas, dit le Yougoslave, très sec.

Puis, d'une voix sourde :

— Comment avez-vous découvert ma retraite ?

— Quelle importance, puisque je suis là.

— Pour moi, c'est très important.

— C'est possible, mais vous savez bien qu'un bon agent secret ne divulgue jamais ses sources.

— Ma sécurité est en jeu.

— N'ayez aucune crainte à ce sujet, j'ai pris mes précautions. Alors, je vous écoute.

— Qu'est-ce que vous voulez que je vous raconte ? maugréa l'ancien collaborateur du S.D.E.C. Que les flics de la K.O.S. m'ont arrêté, que je suis resté quatorze mois au secret dans une cellule de la prison militaire de Belgrade, que j'étais inculpé d'intelligence avec une puissance étrangère et que j'ai été finalement relâché ?

— Vous n'êtes pas raisonnable, soupira Francis d'un air indulgent. La prison, je sais ce que c'est, je suis passé par là. Je comprends que vous soyez aigri, que vous éprouviez le besoin de vous replier dans votre coquille, mais j'ai une mission à remplir. Les faits sont de notoriété publique, nous les connaissons, bien entendu. Mais nous voulons savoir ce qui s'est passé réellement.

Le Yougoslave eut un petit ricanement amer, agressif, presque haineux.

— Si seulement je le savais moi-même, ce qui s'est passé *réellement !*

Il fit quelques pas dans la pièce, les deux mains dans les poches de son pantalon de toile, le front penché.

— Si je n'ai pas voulu vous faire signe et si je suis venu me cacher dans cette masure, dit-il soudain, c'est précisément parce que je ne comprends rien à mon histoire. En définitive, je ne suis sûr que d'une chose : *j'ai été victime d'un coup monté.*

Il ajouta, acerbe :

— Et ce n'est pas fini ! Ceux qui ont manigancé cette odieuse manœuvre et qui ont réussi à me couler continuent à me guetter. Ils ont eu le culot de me prévenir : ils m'attendent au prochain tournant.

— Vous faites allusion à la lettre de menaces, je suppose ?

— Vous êtes au courant ?

— Oui.

— Qui vous l'a dit ?

— Le petit Kosic.

Lucar haussa les épaules et jeta :

— Vous voyez bien que je n'ai rien à vous apprendre. Vous êtes peut-être en mesure de m'expliquer les dessous de cette mystérieuse affaire, vous qui savez tant de choses ? Moi, je vous le répète, je n'y comprends rien.

Le visage de Coplan se durcit imperceptiblement.

— Qui sait ? dit-il d'une voix plus tendue. Quand vous m'aurez donné les éléments du problème, je serai peut-être en mesure de le résoudre, en effet.

Il se leva, marcha vers la porte, ouvrit le battant, fit deux pas dans le jardinet, promena un rapide regard à la ronde, lança son mégot dans les buissons, revint dans la maisonnette et referma la porte.

— Asseyez-vous là, en face de moi, ordonna-t-il à Lucar. Les jérémiades, les lamentations, ça ne sert à rien. Quand on veut sortir du pétrin, il faut retrousser les manches. Je suis ici pour vous aider, mais il faut que vous me facilitiez la tâche.

— A quoi bon ? marmonna Lucar, en se laissant tomber sur la chaise que Coplan lui avait désignée. Je suis un homme fini, foutu, liquidé.

La meilleure chose que vous puissiez faire, c'est de m'oublier une fois pour toutes et de rentrer le plus vite possible à Paris. Je suis un danger pour vous, pour le S.D.E.C., pour la France. Et vous, vous êtes un danger pour moi, car si mes ennemis devaient nous trouver ensemble, ils ne me rateraient sûrement pas. Ce ne serait plus un non-lieu, cette fois-ci ! Ce serait la prison à vie ou le poteau d'exécution.

— Un homme est fini quand il est mort, répliqua Francis d'un ton cassant. Ce n'est pas encore votre cas, que je sache ? Dans quelques jours, si vous le voulez, vous serez un homme comme les autres, un homme libre, maître de son destin. L'homme que vous étiez avant votre arrestation.

—

CHAPITRE IX

Avec une lueur sceptique dans ses yeux sombres, Lucar grommela :

— Inutile de me dorer la pilule, je ne crois plus au Père Noël, Coplan. L'homme que j'étais avant mon arrestation est mort.

— Qu'à cela ne tienne, nous ferons de vous quelqu'un de nouveau. Pour ne rien vous cacher, c'est exactement cela, mon boulot. Le Vieux ne laisse jamais tomber ses amis. Vous viendrez en France avec de faux papiers, vous deviendrez un citoyen français, vous ferez du commerce, vous voyagerez, vous gagnerez de l'argent, et la prison de Belgrade ne sera plus qu'un vague souvenir. Le Service a besoin de types comme vous. Vous êtes intelligent, vous parlez cinq langues, vous connaissez les rouages de la politique internationale, c'est formidable.

— Le Vieux désire me récupérer ? fit Lucar, incrédule.

— Oui, c'est l'objectif principal de ma mission, confirma Francis. Dans une époque comme celle-ci, la France ne peut pas être coupée de la

Yougoslavie, la valeur stratégique de votre pays étant capitale pour l'avenir du monde. Nous implanterons un nouveau réseau et vous le dirigerez de Paris, de Rome ou de Vienne, selon les circonstances.

Lucar baissa la tête et demeura un long moment pensif, silencieux. Puis, levant les yeux, il articula :

— D'accord, mais à une condition : avant de quitter définitivement mon pays, je veux régler mes comptes et faire place nette.

— Qu'entendez-vous par là ?

— Ce n'est pas uniquement pour me cacher que je suis venu à Dubrovnik.

— Expliquez-vous.

— J'ai été donné à la police et je crois savoir par qui. Je n'ai que des présomptions, mais j'espère trouver des preuves sous peu.

— Qui soupçonnez-vous ?

— Son nom ne vous dira rien. C'est un délégué du Comecon.

— Il habite à Dubrovnik ?

— Non, il a une résidence de vacances à une dizaine de kilomètres d'ici, à Cavtat. C'est un petit village de villégiature au bord de la mer.

— Citez-moi quand même le nom de cet individu, que je sache à quoi m'en tenir.

— Il s'appelle Marco Stalanic.

Coplan ne broncha pas. Lucar poursuivit :

— Au cours d'un interrogatoire, le procureur Kostofic, dans l'espoir d'obtenir mes aveux, m'a démontré que les fuites qui s'étaient produites me désignaient sans discussion possible, puisque j'étais le seul fonctionnaire à détenir les informations ultra-secrètes communiquées à Moscou. Or, Marco Stalanic, en sa qualité de membre de la commission du Comecon, avait participé au plan de réforme en question. Il a pu reconstituer de mémoire le rapport et le refiler à son ami, un certain Dusan Velinov, qui est l'homme de Moscou au sein de mon administration.

— Et le but de cette manœuvre ?

— Me couler, évidemment.

— Marco Stalanic avait-il intérêt à vous couler ?

— Oui, et même doublement. En premier lieu, pour gagner l'estime de Dusan Velinov qui est son supérieur hiérarchique. En second lieu, pour se venger. Nous avions eu une querelle, Stalanic et moi, au sujet d'une affaire personnelle.

Après un instant de réflexion, Coplan émit, sur un ton préoccupé :

— N'allons pas trop vite en besogne. Cette histoire me paraît singulièrement compliquée, je dirais même embrouillée... La première objection qui me vient à l'esprit est la suivante : si les fuites vous désignaient *sans discussion possible,* comme vous venez de le souligner, pourquoi le procureur vous a-t-il signé un non-lieu ?

— En réalité, cette affirmation du procureur était une sorte de chantage pour briser ma résistance. Mais j'ai tenu bon et, pendant quatorze mois, j'ai nié obstinément. Malgré les enquêtes, les vérifications, les perquisitions, les spécialistes du contre-espionnage n'ont pas réussi à prouver que j'avais transmis des informations aux agents du Kremlin. En outre, il y avait des contradictions flagrantes dans le dossier du procureur Kostofic. Ainsi, pour citer un exemple, certains chiffres avancés par les Russes dans leur protestation n'étaient pas tout à fait conformes à ceux de mon rapport. De plus, et c'était cela mon argument principal, Moscou se serait bien gardé de me griller si j'avais été un espion à leur solde. Bref, cette accusation ne tenait pas debout.

— Vous n'avez pas mis Stalanic dans le bain, au cours de l'instruction ?

— Non.

— Pourquoi ?

— Pour plusieurs raisons. Me sachant innocent, j'espérais sortir indemne de cette affaire. D'autre part, je ne tenais pas à m'attaquer à Stalanic sans raison majeure. C'était malgré tout une arme à double tranchant.

— Comment cela ?

Lucar eut une brève hésitation, puis :

— C'est à cause de Maria Vazina que je me suis disputé avec Marco Stalanic. Elle m'a trompé avec lui, cette garce. Mais, avant que cette histoire de coucherie ne nous dresse l'un contre l'autre, Stalanic et moi, les attitudes de ce type et certains de ses propos bizarres, ambigus, avaient déjà éveillé ma méfiance. A l'heure qu'il est, je me demande encore si Maria ne lui avait pas révélé que je travaillais pour un service de Renseignements français. Vous comprenez que, dans ces conditions, je devais y regarder à deux fois avant de l'impliquer dans mon affaire.

— En effet, c'était une situation très délicate, reconnut Francis. Mais, en définitive, que signifie la décision du procureur Kostofic ? Il vous accorde un non-lieu au bénéfice du doute, mais il réclame votre radiation du Parti et de l'administration. C'est une solution boiteuse, non ?

Le Yougoslave, les yeux dans le vague, se frotta le menton d'un air las.

— Je vous l'ai dit au début de cette conversation, Coplan, je n'y comprends rien moi-même. Le comportement du procureur Kostofic à mon égard est un mystère. Je passe des nuits à tourner cette histoire dans ma tête, je n'arrive pas à saisir ce que cette machination cache... Kostofic, je l'ai senti à plusieurs reprises, avait de la sympathie pour moi. Il ne le montrait pas, évidemment, mais il agissait sans conviction. En exagérant un peu, je dirais presque qu'il me ménageait. Il me faisait l'effet d'un homme qui exécute des ordres qui lui répugnent.

Il y eut un silence.

A la fin, Coplan marmonna :

— Comme toujours en pareil cas, l'explication est sans doute relativement simple. Il suffit de découvrir la clé de l'énigme.

— Je la découvrirai, assura Lucar, sombre et farouche.

— Quels sont vos projets ? Vous me disiez tout à l'heure que vous aviez l'intention de régler vos comptes. Vous pensiez à Stalanic, j'imagine ?

— Oui, j'attends une occasion propice. Et je n'attendrai plus longtemps. Stalanic arrive jeudi, c'est-à-dire dans quatre jours. Chaque fois qu'il a un congé, entre deux missions à l'étranger, il vient se reposer dans sa maison de Cavtat.

— Seul ?

— Non, pensez-vous ! Un cavaleur comme lui ! Il s'amène toujours avec des amis et des amies... Et, quand on connaît les mœurs du bonhomme, on peut être sûr que ces réunions doivent être gratinées ! Dusan Velinov sera là aussi jeudi.

— Comment savez-vous cela ?

— Quelqu'un me tient au courant.

— Qui ?

Le Yougoslave grimaça un semblant de sourire plus triste, plus déchirant qu'un sanglot.

— Il y a encore des gens qui m'ont gardé leur estime, dit-il à mi-voix. C'est une femme..., une vieille fille, en somme. Elle a trente-deux ans et elle n'est pas jolie ; mais, au moins, elle a du cœur, elle. Elle travaillait sous mes ordres, au ministère. C'est elle qui m'écrit de Belgrade. Une amitié très tendre était née entre cette femme et moi, après la trahison de Maria.

— Bon, mais..., quelle est votre arrière-pensée au sujet de Stalanic ?

— J'ai dissimulé des micros enregistreurs dans sa villa. Vous savez, les petits bidules perfectionnés que le S.D.E.C. m'avait procurés... Les conversations privées de Stalanic m'intéressent.

— Et alors ?

— Je m'arrangerai pour avoir un entretien en tête à tête avec lui et je l'obligerai à vider son sac.

Coplan laissa de nouveau planer un long

silence. Puis, secouant négativement la tête, il articula :

— Je ne peux pas vous approuver, Stefan. Je vous comprends, mais je ne suis pas d'accord. Vous allez provoquer des catastrophes irréparables... Vous ne vous en rendez pas compte, mais vous n'êtes pas dans votre état normal. Pendant vos quatorze mois de détention, de solitude et d'angoisse, vous avez ruminé vos idées fixes, vos rancœurs, vos blessures d'amour-propre, et vous êtes obnubilé par le ressentiment. Vous allez provoquer Marco Stalanic alors que sa culpabilité n'est même pas démontrée. Vous confondez deux choses tout à fait distinctes : son rôle dans votre déconvenue amoureuse et son rôle dans votre arrestation.

— Nous autres, Serbes, nous avons encore le sens de l'honneur, gronda Lucar.

— Je n'en disconviens pas. Mais, en l'occurrence, votre sens de l'honneur est mal placé. Laissez-moi le soin de tirer au clair le complot dont vous avez été victime. Je prendrai tout mon temps pour découvrir des preuves et je choisirai mon heure pour faire jaillir la vérité. Vos ennemis seront punis, je vous le promets.

Lucar s'agita comme un cheval surexcité.

— Non, non, non, c'est impossible, proféra-t-il. Je serais incapable de prendre un nouveau départ sans avoir vidé cet abcès. D'ailleurs, je ne vois pas ce que je ferais.

— Je vais vous le dire, n'ayez crainte. Vous allez vous tourner vers l'avenir et commencer votre nouvelle carrière. Je suis venu en Yougoslavie avec une jeune collaboratrice du S.D.E.C., une fille d'origine serbe. Pour lui permettre de s'implanter à Belgrade, nous allons procéder à la manœuvre classique : la substitution. Il y a une jeune fille, à Zagreb, qui a été préparée pour cette substitution. C'est une orpheline. Elle donnera ses pièces d'identité à ma camarade et elle rejoindra Paris. Ce sera la première pierre de votre nouveau réseau.

— Et vous ? répliqua Lucar. Comment allez-vous poursuivre votre enquête sans moi ?

— Vous me conduirez à Cavtat et vous me montrerez la résidence secondaire de Stalanic. Vous m'indiquerez la position des micros. Je me charge de la suite.

Lucar s'enferma dans un silence buté. Coplan demanda :

— Comment vous rendez-vous à Cavtat ?

— Un de mes cousins m'y conduit avec son Opel. Par l'autoroute, c'est l'affaire de dix minutes.

— Quand pouvons-nous nous y rendre ?

— Je dois prévenir mon cousin.

— Demain ?

— Oui, si vous voulez.

— A quelle heure ?

— Après la tombée de la nuit, de préférence. Mais, si vous pouvez venir ici vers 18 heures, nous irons ensemble chez mon cousin. Il habite à Bosanka, le petit village ici au-dessus, dans la montagne. Il y a trois quarts d'heure de grimpée pour y arriver.

— Entendu, je reviendrai demain à 18 heures.

Cela dit, quelle est votre réponse au sujet de ma proposition ? Etes-vous d'accord pour aller à Zagreb ?

— Je vais y réfléchir. Nous en reparlerons demain. Vous êtes à l'hôtel, je suppose ?

— Oui, à l'*Excelsior*, en compagnie de la jeune camarade qui va prendre le relais à Belgrade.

— S'il y a un changement de programme, je m'arrangerai pour vous mettre un mot à l'*Excelsior.*

— Attention, je voyage sous le nom de François Carpin. Ne faites pas de boulette.

Se préparant à prendre congé, Francis conclut :

— Courage, mon vieux. Avec un peu de cran, vous allez avoir une existence bien plus intéressante que celle que vous aviez à Belgrade.

Lucar, le front baissé, questionna d'une voix sourde :

— Avant de partir, dites-moi comment vous m'avez retrouvé. C'est la seule faveur que je vous demande.

Coplan esquissa un sourire.

— Vous n'êtes pas psychologue, Stefan, dit-il. C'est le Vieux qui m'a révélé que vous vous étiez replié à Dubrovnik. Comment l'a-t-il appris ? Mystère.

— N'est-ce pas Pierre Daraux qui lui a donné ce renseignement ?

— C'est possible, mais cela m'étonnerait. Quand j'ai vu Daraux à Belgrade, il y a deux semaines, il m'a affirmé qu'il ne savait pas ce que vous étiez devenu depuis votre sortie de prison.

*
* *

Revenu à l'hôtel *Excelsior,* Coplan n'y resta que le temps de dîner dans la grande salle à manger en compagnie de Lisa. Ensuite, il fit avec elle une longue promenade à pied, au-delà de la porte de Pile.

Francis relata à Lisa les points essentiels de son entrevue avec Lucar. Quand il se tut, la jeune femme fit remarquer, sur un ton perplexe :

— En fin de compte, nous ne sommes guère avancés. Ce pauvre Lucar est lui-même dans le cirage le plus complet.

— C'est vraiment une histoire très déconcertante, reconnut Coplan, méditatif. Au lieu de progresser, nous reculons. Une seule chose me paraît de plus en plus évidente : à mon avis, les Russes ne sont pas dans le coup. La plainte qu'ils ont formulée à Belgrade au sujet du Comecon démontre leur bonne foi.

— On en revient toujours à l'hypothèse d'une rivalité amoureuse entre Lucar et Stalanic.

— Même cette explication-là me semble de moins en moins valable, grommela Francis. Stalanic devait bien se douter qu'en dénonçant Lucar aux policiers de la K.O.S., il lançait un boomerang qui avait de fortes chances de lui revenir dans la figure. Car il ne faut pas oublier que Stalanic fait partie des rares initiés admis à connaître les projets secrets de Belgrade à l'égard du Comecon. Or, si j'en crois les témoignages, ce garçon n'attache aucune importance à ses aventures galantes : il a toutes les filles qu'il veut et il change de maîtresse comme de chemise. Un type de cet acabit ne prendrait pas le risque de s'attirer de graves ennuis politiques pour une histoire de femme.

Lisa répondit, avec sa placidité habituelle :

— Si tu élimines tous les suspects et tous les mobiles, je ne vois pas où cela te mène. Lucar ne s'est quand même pas dénoncé lui-même, j'imagine ?

— Cela s'est vu, figure-toi. Je me suis même occupé personnellement d'un cas de ce genre, il y a quelques années. Mais la situation était différente.

— Conclusion ?

— Je donne ma langue au chat, laissa tomber Francis, en esquissant une petite grimace désabusée.

Puis, comme s'il se parlait à lui-même :

— Remarque, je ne désespère pas. L'attitude de Lucar me trouble. Il y a une sorte de réticence chez lui qui me tarabuste... Ou bien il me cache quelque chose, ou bien il se méfie de moi, mais je sens qu'il ne se livre pas à fond.

Il haussa les épaules, résuma :

— Qui vivra verra. Les micros planqués dans la villa de Stalanic nous permettront peut-être de recueillir des éléments nouveaux. A ce propos, il faudra que tu t'arranges avec Jean Legay pour aller explorer le secteur de Cavtat et repérer la maison de Stalanic. Ensuite, vous vous mettrez d'accord avec Fondane et Suzy pour assurer ma protection demain soir.

— Bien, je m'en occuperai, promit Lisa. Je te

signale que Jean Legay a transmis les nouvelles au Vieux. D'autre part, Pierre Daraux fait savoir de Belgrade qu'il y a du nouveau concernant Stalanic. Celui-ci, selon certaines rumeurs, cacherait sous une neutralité apparente des sympathies prosoviétiques.

— C'est à retenir... Qu'est-ce qu'il raconte d'autre ?

— Rien.

— Franchement, il ne se décarcasse pas beaucoup, notre ami Daraux ! Je lui avais demandé de surveiller en priorité Maria Vazina et Michel Kosic et de me tenir au courant au jour le jour... Je voudrais bien savoir lequel de ces deux-là a balancé mon signalement aux inconnus qui m'ont si adroitement kidnappé à Belgrade, la veille de notre départ. Tu diras à Jean Legay de relancer Daraux à ce sujet.

Avant de regagner leur hôtel, Francis et Lisa, en bons touristes, passèrent une petite heure au casino de l'hôtel *Impérial,* histoire de tenter leur chance à la roulette — histoire, surtout, de montrer qu'ils étaient, comme tous les bourgeois en vacances, désireux de s'amuser.

***

Le lendemain, Coplan passa une bonne partie de la journée à se faire bronzer sur la plage privée de l'hôtel, mollement allongé sur un transat, son paquet de Gitanes à la portée de la main, un Martini-dry au pied de son fauteuil.

A le voir ainsi, plongé dans la lecture d'un

roman policier, on ne se serait pas douté qu'il remuait de graves problèmes dans sa tête.

Lisa vint le rejoindre vers 15 heures, en bikini bleu, un livre dans une main et une bombe brunissante dans l'autre.

Elle poussa un transat près de celui de son mari, s'y installa.

— Tout va bien, dit-elle. J'ai trouvé ce que je voulais.

Coplan opina, rassuré.

Le soleil, éblouissant et chaud, faisait scintiller la mer. Tous les petits bateaux du vieux port étaient de sortie. Certains pensionnaires de l'hôtel, notamment des Scandinaves et des Hollandais, se baignaient dans la mer, bien que l'eau fût encore assez froide.

A 17 heures, Coplan referma son bouquin.

— Je vais me rhabiller et je vais faire un tour, annonça-t-il à Lisa.

Il quitta l'*Excelsior* un peu avant 18 heures, prit la direction de l'ancien couvent Saint-Jacques.

Un peu avant l'église, il aperçut, assise sur un des bancs, Suzy qui admirait le panorama.

En le voyant apparaître, Suzy alluma une cigarette.

Coplan poursuivit sa route, s'engagea dans le sentier qui longeait la côte à flanc de colline. En contrebas, à droite, la mer étalait sa nappe bleue, au fond d'un à-pic à donner le vertige. Le ressac tissait un ourlet d'argent autour des rochers.

Francis était impatient de connaître la réponse que Stefan Lucar allait lui donner. Le Yougoslave allait-il sombrer définitivement dans sa neurasthénie, ou bien allait-il accepter les offres du Vieux, repartir de l'avant, recommencer une carrière au service du S.D.E.C. ?

Arrivé à la maisonnette rustique, Coplan poussa le portillon, traversa le jardinet, ouvrit la porte et pénétra dans la bicoque noyée de pénombre fraîche.

Comme la veille, Lucar était étendu sur son lit.

— Salut ! lança Francis. Toujours en train de ruminer ?

Le Yougoslave ne répondit pas, ne bougea pas.

Coplan s'approcha du lit, s'immobilisa, serra les dents.

Stefan Lucar était mort. Il avait un trou dans la tempe droite. Sa main droite, crispée, posée sur son ventre, étreignait la crosse d'un automatique noir.

CHAPITRE X

Le sang figé dans les artères, Coplan fit un pas en avant vers le lit, la main tendue pour toucher le front cireux de Lucar.

Mais ses sens aux aguets l'ayant soudain averti d'un danger, il pivota rapidement sur ses talons, exécuta un bond vers la table à l'instant précis où deux individus, surgissant en force du petit local contigu, se ruaient vers le lit.

Coplan empoigna des deux mains une des chaises de bois et la fit tournoyer pour la rabattre avec une violence fantastique sur le crâne de l'un des deux inconnus. La vieille chaise se fracassa sur la tête du type, mais le coup avait porté car le quidam vacilla, s'écroula au pied du lit.

L'autre zèbre, plus costaud que son camarade malchanceux, brandissait une matraque en caoutchouc. Il opéra une volte, leva son arme, mais trop tard : la table, projetée par Francis, le percuta en pleine figure. Le heurt produisit un bang retentissant et le malabar trébucha en arrière. C'est le lit qui l'empêcha de tomber.

Voulant mettre à profit son avantage momentané, Coplan enjamba les débris de la table, agrippa le poignet de l'homme à la matraque, tourna sur lui-même en courbant l'échine et en exerçant une traction brutale. Le lourdaud poussa un cri rauque, fila dans les airs, accomplit une pirouette avant de redégringoler sur le sol, près de l'entrée.

Coplan croyait en avoir fini avec cet adversaire, mais pas du tout ! Le costaud, avec une souplesse et une élasticité stupéfiantes pour sa corpulence, avait effectué en atterrissant un remarquable roulé-boulé au terme duquel il s'était retrouvé debout, solidement campé sur ses robustes jambes, prêt à recommencer le combat.

Réalisant qu'il avait affaire à un antagoniste coriace et bien entraîné, Francis se prépara à sauter vers la porte pour prendre la fuite. L'autre, devinant son intention, se déplaça pour lui barrer la route..., tombant ainsi dans le piège que Coplan avait imaginé. En effet, Francis put se baisser promptement, ramasser la matraque que son adversaire avait dû lâcher quelques secondes auparavant et la lancer à toute volée vers le visage de l'inconnu. Le projectile frappa durement le type en plein front, y imprimant une trace rouge. Etourdi, furieux, l'homme s'ébroua en grognant, fonça comme un taureau, tête baissée.

A l'ultime fraction de seconde, Coplan évita la charge en plongeant vers les chevilles de l'indomptable énergumène. La rencontre fut prodigieuse. Le malabar, emporté par son élan, décollé du sol par la secousse qui lui était infligée au bas des tibias, alla cogner méchamment de la tête le mur de pierre, retomba à plat ventre, groggy.

Malheureusement, sur ces entrefaites, l'autre avait retrouvé sa lucidité et son énergie. Il s'élança vers Coplan qui gisait par terre, encaissa dans le poitrail un double coup de rotules, rebondit en arrière, rattrapa de justesse son équilibre, revint à l'assaut.

Coplan ayant pu se relever, les deux hommes se mirent à tourner dans la pièce en se surveillant, pareils à deux catcheurs qui mijotent une prise décisive et cherchent une faille propice chez l'adversaire.

Francis, auquel rien n'échappait, vit une bouteille de bière posée au frais sur le rebord de la minuscule fenêtre par laquelle la masure recevait chichement la lumière du jour. Lorsque son mouvement tournant l'amena près de la lucarne, il se retourna, empoigna la bouteille, assena un coup dans la vitre, puis, sauvagement, se propulsa vers son rival. Celui-ci, d'un geste sec et judicieux, fit dévier la bouteille, se déhancha pour éviter l'impact de la masse que constituait le corps musculeux de son adversaire, glissa sa jambe gauche entre celles de Coplan et d'un coup d'épaule, le fit basculer.

Pris au dépourvu par ce croc-en-jambe imparable, Francis s'étala de tout son long, tandis que la bouteille volait en mille morceaux contre le mur.

L'autre, agile comme un singe, se projeta à califourchon sur le dos de Coplan, lui emprisonna la tête et s'en servit pour marteler le sol de terre battue.

C'est à ce moment-là que la porte s'ouvrit. Jean Legay fut prompt comme la foudre. D'un grand coup de godasse à la tempe, il régla le compte de l'individu qui chevauchait Francis. Puis, voyant qu'un second malabar se relevait de l'autre côté de la pièce, près du mur, il le rejoignit en deux foulées, le gratifia d'un époustouflant uppercut à la mâchoire, renforcé d'un crochet du gauche au foie. Le costaud, cueilli trop vite après sa première défaillance, fut incapable de digérer cette nouvelle épreuve. Il s'effondra, les paupières closes.

C'est alors seulement que Legay, en se retournant pour voir si Coplan se relevait, aperçut le corps étendu sur le lit. Les sourcils froncés, il scruta sans bouger le faciès cadavérique de Lucar.

Coplan, revenu à la position verticale, maugréa :

— Le Vieux pourra se faire cuire un œuf : Lucar ne travaillera plus jamais pour nous. Ni pour personne d'autre, du reste.

Legay articula :

— Il s'est flingué ?

— Penses-tu ! Il n'avait pas du tout l'intention de se suicider ! Sauf erreur, ce sont ces deux truands qui l'ont suicidé. Et ils m'attendaient, planqués dans la pièce voisine.

— Ce qui prouve, enchaîna Legay, que les menaces ne sont pas des menaces en l'air. Encore heureux qu'ils ne t'aient pas liquidé sur place !

— S'ils avaient voulu m'exécuter, je ne ferais plus partie du S.D.E.C. non plus à l'heure qu'il est. Je me demande d'ailleurs pourquoi ils ne l'ont pas fait.

— Pardi ! c'est le coup classique... Ils voulaient te poser quelques questions avant de t'éliminer. Les cadavres n'ont aucune utilité, dans notre profession... Que faisons-nous de ces deux types ?

— Je n'en sais trop rien, marmonna Coplan, sombre et soucieux. La mort de Lucar flanque tout le programme par terre.

En disant ces mots, il se dirigea vers la porte qui communiquait avec le petit local attenant d'où étaient sortis les deux inconnus.

Ce débarras, d'une superficie de 2 mètres sur 2, était rempli d'objets hétéroclites : outils de jardin, débris de meubles, etc. La vitre de la lucarne avait été remplacée par un morceau de linoléum, empêchant le passage de la lumière. Mais Francis, ses yeux s'étant accommodés à l'obscurité, distingua une mallette de cuir déposée près d'une antique brouette. Il empoigna le bagage, l'apporta dans la salle commune.

La mallette contenait deux 7.65 et deux émetteurs-récepteurs miniaturisés, de fabrication allemande. Elle contenait également une trousse médicale avec seringue et ampoules.

Legay murmura :

— Outillage professionnel, c'est clair.

— Oui, et si tu n'avais pas compris qu'en brisant la vitre de la fenêtre je t'appelais à la rescousse, j'aurais été bon pour la piqûre qui procure un long sommeil sans rêves.

— Ne fais jamais à autrui..., ricana Legay. On

va les faire dormir, en attendant d'avoir statué sur leur sort.

Il prit la seringue, y ajusta une aiguille, brisa une des ampoules, fit une piqûre au plus athlétique des deux inconnus, répéta l'opération au bénéfice de sa seconde victime.

— Et voilà, dit-il avec une âcre satisfaction. Comme ça, nous aurons peut-être un moment de tranquillité pour examiner la situation.

Tandis qu'il rangeait la seringue dans la mallette, Coplan lui demanda :

— A quelle heure as-tu commencé ta surveillance ?

— Un peu avant 17 heures.

— Et tu n'as rien remarqué d'anormal ?

— Absolument rien.

— Par conséquent, ces deux zèbres étaient déjà ici, et ils guettaient mon arrivée.

Legay retourna près du lit, se mit à palper le corps de Lucar, grommela d'un air indécis :

— Je ne garantis pas la précision de mon diagnostic, mais j'ai l'impression qu'il y a au moins douze heures qu'il a passé l'arme à gauche. Ils ont dû l'exécuter cette nuit ou très tôt ce matin, avant le lever du jour.

— Le vrai problème, murmura Coplan, tracassé, c'est de savoir comment ces deux tueurs ont retrouvé la piste de Lucar. S'est-il fait repérer en tournant autour de la villa de Marco Stalanic, à Cavtat, ou bien l'ont-ils retrouvé à cause de moi ?

— Si c'était à cause de toi, j'aurais détecté leur présence dans ton sillage.

— Ce n'est pas sûr.

— Que veux-tu dire ?

— Je ne mets pas ton savoir-faire en doute, mais une technique peut toujours être surclassée par une technique plus subtile. Si ces deux types étaient prévenus, ils pouvaient aisément déjouer notre dispositif.

— Evidemment, reconnut Legay.

— Fouillons-les, décida Francis. Nous en saurons peut-être davantage.

Ils se mirent à l'œuvre, dépouillant les deux hommes endormis de tout ce qu'ils avaient dans leurs poches.

Le plus robuste des deux se nommait Misha Balic. Domicilié à Belgrade, il exerçait la profession de moniteur d'éducation physique. Il était célibataire, âgé de 36 ans, et il détenait un port d'arme en bonne et due forme.

L'autre, âgé de 34 ans, également célibataire et également domicilié à Belgrade, déclarait exercer la profession de contrôleur administratif, ce qui ne voulait pas dire grand-chose. Mais il y avait, dans son portefeuille, une carte d'identité spéciale, avec photo, qui était plus explicite : elle attestait officiellement que le porteur, nommé Janko Derejek, appartenait à la section C.4 de la K.O.S. Cette carte accordait à son titulaire le droit de réclamer en toute circonstance l'aide de la police et de l'armée.

— Intéressant, commenta Francis. Nous savons maintenant que c'est le contre-espionnage de Belgrade qui est dans la course.

— Ceci n'est pas mal non plus, grinça Legay en

tendant à son camarade un feuillet de bloc-notes qu'il venait de trouver dans le portefeuille de Misha Balic.

Coplan prit le papier, le lut.

Le texte, dactylographié, n'était pas long :

« *Carpin. Hôtel* Excelsior, *Dubrovnik.* »

Il hocha la tête, articula d'une voix sourde :

— C'est bien ce que je craignais. C'est en suivant ma piste qu'ils ont retrouvé Stefan Lucar.

— Mais, comment ont-ils retrouvé ta piste ? Les fiches de police sont là pour ça, d'accord, mais nous sommes bien placés pour savoir qu'un repérage de ce genre ne va jamais aussi vite. Il y a quelque chose d'anormal dans cette histoire.

Coplan se frotta pensivement le menton.

— Oui, dit-il enfin, il y a quelque chose d'anormal dans cette histoire. Mais, ce qui me paraît encore plus étrange, en dehors de mon cas personnel, c'est l'assassinat de notre malheureux ami. Pourquoi les gens de la K.O.S. ont-ils décidé subitement d'en finir avec lui ?

— Ben, quoi ? fit Legay, étonné. L'explication est facile à deviner, non ? Quand Lucar est sorti de tôle, ils lui ont ordonné de se tenir tranquille, de se faire oublier. Ayant appris, Dieu sait comment, qu'il n'avait pas du tout l'intention de passer l'éponge, ils ont mis leur menace à exécution.

— Autrement dit, conclut Francis, Stefan avait raison : *j'étais un danger pour lui.* Hier, quand il m'a vu apparaître, il a été littéralement épouvanté. On aurait dit que ma seule présence était pour lui comme un verdict de mort !

— Ah ! bon ? Mais pourquoi ?

— Je n'en sais rien. Mais je suis tout à fait sûr, maintenant, qu'il m'a caché quelque chose. Je l'ai senti, d'ailleurs. Je l'ai même signalé à Lisa.

— De toute façon, je suppose que l'affaire est liquidée pour nous ? La mort de Lucar met le point final à nos opérations.

— Logiquement, oui. Mais tout dépend de la décision que le Vieux va prendre. A mon avis, il ne laissera pas tomber. Le connaissant comme je le connais, il n'entreprendra pas l'installation d'un nouveau réseau à Belgrade sans avoir d'abord tiré au clair le mystère Lucar.

— Nous ferions bien de ne pas nous attarder dans cette bicoque. Si un intrus s'amenait, nous aurions bonne mine. Sans compter que les deux flics qui roupillent ont peut-être des copains dans le coin.

— Nous ne pouvons pas nous débiner comme ça, émit Coplan, soucieux. Ces deux agents de la K.O.S. sont en mission, et ils ont mon signalement. D'autre part, Lucar a un cousin dans les parages. Pour gagner du temps et ne pas se faire coincer, je ne vois qu'une formule : le nettoyage par le vide.

— Ce n'est pas irréalisable, à condition d'agir de nuit. En explorant la colline pour découvrir le poste d'observation le plus discret et le mieux situé, j'ai vu plusieurs endroits où il est possible d'enfouir des cadavres sans se donner trop de mal.

Francis, le masque durci, prononça à mi-voix :

— Nous n'avons pas le choix, malheureusement. Ce n'est pas la meilleure solution, mais c'est la seule. Commençons par faire disparaître les traces de la bagarre.

Les débris de la table et de la chaise furent rassemblés dans le réduit, camouflés derrière d'autres vieux meubles déglingués. Les morceaux de verre de la bouteille brisée furent ramassés, enterrés dans le jardinet.

Avant d'exécuter les deux agents du contre-espionnage yougoslave, Coplan eut encore une trève hésitation.

— Ce qui m'embête, dit-il à Legay, c'est que la disparition de ces deux flics équivaut à une déclaration de guerre ouverte. En les liquidant, nous créons une situation irréversible.

— C'est eux ou c'est nous, maugréa Legay. Tu ne te figures tout de même pas qu'ils t'attendaient ici pour te faire des cadeaux, non ? Ils n'ont pas eu de scrupules pour tuer Lucar, alors ?

— Oui, tu as raison, opina Coplan.

Les deux agents de la K.O.S. passèrent sans transition du sommeil à l'éternité. Ensuite, ils furent déshabillés, transportés avec le cadavre de leur victime dans le cagibi sombre, recouverts au moyen d'une des couvertures du lit.

Ayant promené un long regard attentif autour de la pièce pour vérifier si rien ne révélait le double drame dont elle avait été le théâtre, Coplan expliqua à son camarade :

— Tu vas prendre les deux automatiques qui se trouvent dans la mallette et tu vas monter la garde ici. Si quelqu'un s'amène, tu te caches dans le petit local contigu et tu laisses venir. En cas de danger réel, tu agis sans pitié... Je me rends bien compte que ça manque de charme de passer la soirée dans de telles conditions, mais c'est indispensable. Je reviendrai avec Fondane vers 23 heures, et je ferai mon indicatif en morse contre le bois du lit pour que tu saches que tout va bien.

Legay répondit sur un ton grinçant :

— Ne t'en fais pas pour moi. Je serai moins en danger ici, avec mes trois macchabées, que toi dans les rues de Dubrovnik !

Coplan fit un paquet avec tous les objets et papiers trouvés dans les poches des deux hommes du contre-espionnage yougoslave.

— Nous ferons disparaître tout ce fourbi avec le reste, dit-il. J'ai noté l'essentiel dans ma mémoire.

Puis, comme s'il avait une soudaine inspiration, il murmura, en dévisageant Legay :

— Lucar m'a avoué qu'il recevait régulièrement du courrier de Belgrade ; or, il n'avait aucune lettre dans les poches.

— Il a dû les planquer quelque part dans la bicoque.

Les recherches ne furent pas longues. Lucar avait tout simplement glissé une demi-douzaine de missives entre le sommier et le matelas du lit.

Chose étonnante, cette correspondance était rédigée en français !

Legay fit observer :

— L'idée n'était pas mauvaise. Lucar se

méfiait sans doute de la curiosité de sa vieille tante Klara.

Francis parcourut rapidement les lettres. Elles étaient signées Janika et elles ne racontaient rien d'extraordinaire. Cette Janika, dans un style sommaire et simpliste, avec des fautes de syntaxe assez pittoresques et un vocabulaire scolaire qui donnait à sa pensée un curieux aspect académique, s'efforçait surtout de réconforter son correspondant, lui assurant de diverses façons qu'elle lui garderait son amitié profonde et l'exhortant à avoir confiance dans l'avenir.

Il ne fallait pas être sorcier pour lire entre les lignes les témoignages discrets et pudiques d'un grand amour un peu triste, un peu craintif mais très pur.

La dernière lettre, la plus récente, était plus concrète et plus instructive. Elle répondait visiblement à des questions précises que Lucar avait dû poser par écrit à son ancienne collaboratrice. En effet, Janika y annonçait que Dusan Velinov et Marko Stalanic arriveraient à Cavtat le jeudi 8 et qu'ils y resteraient un peu plus d'une semaine. D'autre part, elle confirmait que D n'avait plus été vu dans le bureau de Velinov depuis le 22 avril.

Coplan fourra les missives dans sa poche.

— Bon, à ce soir, dit-il à Legay. J'espère que tu n'auras pas de mauvaise surprise.

— Et toi, fais gaffe, recommanda encore Legay.

CHAPITRE XI

L'opération nocturne fut pénible et terriblement éreintante, mais elle se déroula sans incident.

L'endroit repéré par Jean Legay se révéla meilleur encore qu'on ne pouvait le prévoir. Dans les décombres d'un ermitage abandonné depuis plus de cinquante ans, au flanc du mont Zarkovika, les trois cadavres furent inhumés sans fleurs ni couronnes, étendus côte à côte dans une sorte de cave dont l'ouverture fut comblée par des éboulis de terre et de pierres.

A moins d'un hasard peu probable, les trois défunts reposeraient là jusqu'à la fin des temps.

Taciturnes, trempés de sueur, Coplan, Legay et Fondane — qui en avaient vu d'autres — accomplirent cette macabre besogne comme une nécessité à laquelle ils ne pouvaient se soustraire, pareils à des soldats qui enterrent les morts au terme d'une bataille sans gloire.

Rentré à son hôtel après cette funèbre équipée, Francis avait eu quelque peine à trouver le sommeil. Non seulement la mort de Stefan Lucar l'obsédait, mais trop de questions soulevées par la fin dramatique de ce collaborateur du S.D.E.C. agitaient son esprit.

Plusieurs fois, au cours de sa carrière, Coplan avait ressenti cette impression désagréable, irritante, qu'une force mystérieuse, maléfique, maîtresse de son subconscient, le paralysait, le narguait, se jouait de lui et l'empêchait de saisir la clé d'un problème pourtant facile à résoudre.

Finalement, il sombra dans une torpeur bizarre, traversée de pressentiments absurdes, et il se réveilla un peu après l'aube avec un goût de cendre dans la bouche.

Lisa, qu'il avait mise au courant, la veille, des événements, avait mal dormi, elle aussi. Néanmoins, elle arbora son habituelle expression de placidité, de sérénité.

Ils prirent le petit déjeuner dans la chambre. Ensuite, ayant fait leur toilette, ils descendirent en maillot de bain à la plage privée de l'*Excelsior* — rien de plus qu'une terrasse de pierre au niveau du bord de mer, terrasse que Coplan avait baptisée *la rôtissoire* — et ils se prélassèrent au soleil déjà chaud, étalés sur de confortables transats, offrant ainsi l'image classique du couple de vacanciers coupés de tous les soucis de la vie professionnelle.

L'après-midi, vers 16 heures, ils partirent en excursion à bord d'une Volkswagen grise que Coplan avait louée tout exprès dans une agence spécialisée proche de l'hôtel.

Par l'autoroute de la corniche, ils se rendirent à Plevkava, un village côtier, situé à la pointe de la presqu'île de Kobila, à cinquante kilomètres à l'est de Dubrovnik. Là, abandonnant leur voiture dans une rue peu fréquentée, ils entreprirent une merveilleuse balade à pied dans les rochers qui surplombent la mer.

Le paysage était d'une beauté sublime, mais ni Francis ni Lisa — qui cependant s'en avisaient — n'avaient le cœur à en jouir.

Lisa, très timidement, essayait de convaincre Coplan.

— A mon avis, dit-elle, le jeu n'en vaut plus la chandelle. Maintenant que le contre-espionnage a retrouvé ta piste à Dubrovnik, tu es obligé de prendre des risques énormes et ta mission n'est plus rentable. Du fait de la disparition définitive de Stefan Lucar, la question est réglée. Il faut partir sur de nouvelles bases et préparer l'avenir.

— Moi, je veux bien, répondit Francis, sarcastique, mais c'est le Vieux qui décide.

— Tu as quand même le droit de lui exposer ton point de vue, non ?

— Oui, bien sûr, mais mon point de vue n'est absolument pas le même que le tien, figure-toi ! Te laisser dans ce pays pour organiser un nouveau réseau, alors que nous ignorons ce qui a provoqué la déconfiture de Lucar, ce serait de la folie.

Ayant déniché un endroit tranquille et isolé, une sorte de promontoire escarpé, face au large, ils s'arrêtèrent et ils s'assirent sur les rochers pour fumer une cigarette.

Jean Legay ne s'amena qu'une vingtaine de

minutes plus tard, en chemisette sport à col ouvert, un appareil de photo en bandoulière.

— Je commençais à me demander si je ne m'étais pas paumé, soupira-t-il, en prenant place sur une grosse pierre polie par le temps. C'est joli, ce coin.

Puis, changeant de ton :

— Jusqu'à nouvel ordre, tout va bien. Pas la moindre bagnole dans votre sillage. Et je vous garantis que j'ai ouvert l'œil.

— Tant mieux, acquiesça Coplan. Alors, les nouvelles ?

— Aucune surprise. La réponse du Vieux est catégorique : *la mission continue.*

— J'en étais sûr, marmonna Francis. Et, d'ailleurs, comme je viens de l'expliquer à Lisa, c'est le bon sens même. On ne peut rien faire de valable sur un terrain pourri.

— Justement, enchaîna Legay, en ce qui concerne Lisa, le Vieux est formel. Interdiction de passer à la seconde phase de la mission aussi longtemps que la première n'est pas terminée d'une façon satisfaisante. Le Vieux prépare une solution de rechange. La substitution ne se fera plus à Zagreb, mais probablement à Split. Dans tous les cas, il faudra attendre le feu vert.

— Entendu, opina Francis. Quoi de neuf du côté de Daraux ?

— Rien, il est muet comme une carpe.

Une ombre de contrariété creusa les traits de Coplan.

— Celui-là, je le retiens ! maugréa-t-il. De ma vie, je n'ai vu un informateur aussi peu dégourdi que lui. Quand je pense qu'il se jugeait capable de représenter à lui tout seul le Service de Belgrade, c'est un comble. Il n'est même pas fichu de répondre à mes questions ! Et le plus fort, c'est qu'il sait dans quel pétrin nous nous trouvons !

— Faut voir, objecta Legay, plus conciliant. Il a peut-être des problèmes, lui aussi. Ses fonctions officielles à l'ambassade ne lui facilitent pas la vie.

— Je n'ai pas l'habitude de critiquer les copains, rétorqua Francis, mais je ne lui demandais pas le Pérou !

Il y eut un silence.

Legay reprit, quelques instants plus tard :

— Pour Fondane et Suzy, ça ne s'arrange pas trop mal. Ils ont déniché une chambre à Cavtat, chez l'habitant. Comme ils ont des passeports italiens, leur installation dans ce patelin n'a rien de compromettant... A ce propos, je vous signale que le secteur est surveillé d'une manière plus stricte qu'on ne pourrait le croire. Il y a une série de villas, entre Dubrovnik et Cavtat, qui sont réservées aux vacances des officiers supérieurs de l'armée yougoslave et de leurs familles. C'est Suzy qui a appris cela de sa nouvelle logeuse et qui m'a prié de vous le signaler. Pour le reste, rien de changé. Je suis passé devant la villa de Stalanic et les volets sont toujours fermés.

***

La petite ville de Cavtat, bien abritée au fond d'une baie arrondie, est un paradis pour les touristes qui aiment la vie paisible dans un site naturel édénique.

Avec ses vieilles maisons ocres, ses deux clochers blancs (de style rustique), ses ruelles étroites, sa longue esplanade du bord de mer où s'alignent des palmiers rêveurs, son petit port de plaisance rutilant comme un jouet et sa jolie plage de sable, cette bourgade a vraiment tous les charmes, y compris le prestige que lui confère son titre de haut lieu historique. En effet, c'est de Cavtat que partirent les survivants d'une colonie gréco-romaine qui, chassés par une invasion de barbares venus de l'Est, s'en allèrent fonder Dubrovnik.

La résidence secondaire de Marco Stalanic, un grand pavillon blanc au toit de tuiles rouges, se trouvait un peu en dehors de la localité, à l'entrée même du golfe de la Zupa.

Datant du début du siècle, la bâtisse avait été partiellement refaite, remodelée, modernisée, mais elle avait conservé le cachet de ses origines : noblesse des proportions, ampleur des dégagements, vaste jardin verdoyant où émergeaient des cactus et des agaves, des palmiers énormes et des cyprès. Située au bord de l'eau, tournée vers la mer, la maison était isolée, abritée des regards ; elle avait sa plage privée, son petit port avec un môle de pierre et, au bout de ce môle, un plongeoir recouvert de mousse.

La nuit était tombée depuis plus de deux heures (et elle était particulièrement opaque en cette période) lorsque Coplan, Lisa et Jean Legay se faufilèrent dans le jardin de la villa.

Grâce à une de ces enquêtes discrètes dont Lisa avait le secret, les agents du S.D.E.C. savaient que la propriété n'était pas gardée la nuit. Elle était entretenue quotidiennement par un vieux ménage — l'homme étant un fonctionnaire à la retraite — qui réintégrait son domicile, dans une des ruelles de la bourgade, vers 19 heures.

Au moyen du passe-partout qui ne le quittait jamais, Francis put aisément faire fonctionner la serrure d'une porte latérale du pavillon, porte qui donnait accès à l'office.

Une fois dans la place, les trois visiteurs nocturnes commencèrent par se familiariser avec l'architecture intérieure de l'habitation. La disposition des pièces était d'ailleurs conforme à la formule classique des maisons bourgeoises d'autrefois : vaste salon rectangulaire, salle à manger, fumoir, cuisine, et toutes les chambres à l'étage.

A la lumière parcimonieuse de leurs stylos-lampes, les trois collaborateurs du Vieux inspectèrent principalement le salon qui, l'ameublement le confirmait, jouait le rôle de salle de séjour.

Il leur fallut cependant près de trois quarts d'heure avant de repérer les minuscules microphones que Lucar avait cachés dans la pièce. Il y en avait quatre, disséminés en divers points du local : sous une armoire de chêne, dans le lustre en cuivre, sous le canapé et dans le socle d'un lampadaire.

Coplan, technicien en la matière, compléta cette installation clandestine par un réémetteur automatique à micro-modules qu'il camoufla dans un pot de fleurs posé sur le rebord de l'une des fenêtres. Logé dans une boîte étanche, ce merveilleux petit appareil fut incorporé à la terre qui nourrissait une plante grasse.

Cette opération terminée, Coplan et ses aides se retirèrent comme ils étaient venus. Ils firent cependant une halte dans les buissons sauvages qui bordaient la côte, à environ huit cents mètres à l'ouest de la maison blanche de Stalanic, et ils dissimulèrent là, sous des pierres recouvertes de branchages, dans un endroit peu accessible aux promeneurs non avertis, un boîtier contenant un enregistreur.

Fondane et Suzy, en se baladant, seraient en mesure de récolter, sans risques ni acrobaties superflues, les informations recueillies par les micros.

***

Le lendemain matin, en s'éveillant, Coplan eut de nouveau une inspiration subite.

Il écrivit sur une page de son agenda de poche : « *Nous quitterons Dubrovnik ce matin à 10 heures, à destination de Belgrade où nous resterons deux ou trois jours. Prépare une valise en conséquence. Je t'expliquerai.* »

Lisa lut le papier, opina, se leva et se mit immédiatement au travail.

A dix heures précises, à bord de la Volkswagen

de location, M. et Mme Carpin prenaient la route. Auparavant, Coplan avait signalé à la réception de l'hôtel qu'ils seraient absents quelques jours, ayant l'intention de découvrir les richesses touristiques de la région de Skopje.

CHAPITRE XII

Dès qu'ils furent sur l'excellente route qui relie Dubrovnik au village folklorique de Trebinje, Coplan exposa à Lisa les motifs de sa décision.

— Nous ferons d'une pierre deux coups, dit-il. Et même trois, par le fait. *Primo,* nous contacterons Pierre Daraux et nous saurons où en sont ses investigations. *Secundo,* j'ai l'intention d'aller bavarder avec cette Janika, l'amie dévouée de Lucar. Tu t'occuperas de l'identifier et de repérer son domicile. *Tertio,* enfin, il est peut-être opportun de mettre un peu de distance entre Dubrovnik et nous, compte tenu de la disparition des deux flics de la K.O.S. Quand nous reviendrons, Stalanic sera arrivé à Cavtat et nous aurons peut-être appris du nouveau. Je me suis arrangé avec Legay, juste avant de partir, pour qu'il me prévienne *via* l'ambassade s'il y avait des événements importants.

— Tu attends quelque chose de cette entrevue avec l'amie de Lucar ?

— Oui, beaucoup. Comme je te l'ai déjà dit,

j'ai la conviction que Lucar m'a monté un bateau.

— Mais, dans quel but ?

— Je n'affirme pas qu'il ait cherché sciemment à m'induire en erreur, remarque. Mais je suis sûr qu'il avait un secret, et que c'est pour préserver ce secret qu'il m'a caché un élément capital, peut-être déterminant, de l'affaire.

— Et tu crois que cette femme est au courant ?

— Oui, je le crois. Je suis presque sûr qu'il lui a fait des confidences.

A mesure qu'ils s'enfonçaient dans le centre du pays, la campagne devenait plus vallonnée, plus verdoyante, plus opulente aussi. Puis, ils abordèrent les montagnes d'Herzégovine.

Lisa, silencieuse, contemplait avec une sorte de recueillement la beauté de son pays natal. Pour elle, l'amour de la patrie n'était pas une notion abstraite et démodée ! On sentait que son idéalisme avait des racines profondes et solides dans la réalité quasi charnelle de cette terre, de ces montagnes, de ces forêts, de ces villages archaïques, de ce ciel sauvage.

***

Ils arrivèrent à Belgrade un peu avant 20 heures, légèrement abrutis par cette randonnée taciturne de près de 600 kilomètres.

Lisa, toujours débrouillarde, leur trouva un petit hôtel de troisième catégorie, situé dans la rue Komenicka, près de la gare centrale.

Le lendemain, tandis que Francis se rendait à l'ambassade, Lisa s'en allait de son côté.

A l'ambassade, Coplan apprit que Pierre Daraux n'avait plus mis les pieds dans son bureau depuis trois jours. Son adjoint, le jeune Victor Novic — celui-là même qui avait accueilli Coplan et Lisa à l'aéroport, trois semaines plus tôt —, expliqua :

— M. Daraux est malade. Il a une forte grippe. Il a téléphoné lundi pour faire savoir qu'il était au lit avec 40 de fièvre.

— Appelez-le-moi au téléphone, je vous prie, grommela Francis, désappointé.

— S'il s'agit d'informations, peut-être puis-je vous les donner? M. Daraux m'a bien recommandé de ne pas le déranger. Il était très fatigué depuis quelques jours.

— Appelez-le, voulez-vous? insista Coplan, d'une voix plus autoritaire. Il faut absolument que je le rencontre. Je viens de me taper 600 kilomètres de route pour le voir!

Novic obtempéra sans beaucoup d'enthousiasme. Il était évidemment au courant des activités parallèles de son chef et il savait que celui-ci tolérait mal que ses ordres fussent transgressés.

Ayant composé le numéro, Novic attendit, l'écouteur à l'oreille, déjà prêt à s'excuser. Mais, après une minute, il murmura, en dévisageant Coplan :

— Il ne répond pas. Il a sans doute pris des cachets pour dormir.

— Passez-moi l'écouteur.

Indubitablement, la sonnerie d'appel fonctionnait dans l'appartement de Daraux. Coplan patienta encore un long moment, puis il laissa retomber le combiné sur la fourche en maugréant :

— Il ne décroche pas, l'idiot ! Je ferai un saut jusque chez lui. Entre-temps, vous pouvez me rendre un service : il me faut de toute urgence des renseignements au sujet d'un nommé Dusan Velinov, haut fonctionnaire du ministère du Commerce extérieur.

Novic parut surpris.

— Des renseignements ? fit-il. Quels renseignements ? Nous connaissons très bien Dusan Velinov, puisque c'est toujours à lui que nous avons affaire quand il y a des problèmes importants à régler.

— Parfait ! Vous allez m'établir un petit dossier concernant le personnage et vous m'indiquerez ses attributions officielles exactes, ses attaches politiques, les étapes de sa carrière, son rôle au sein du Parti, etc. Vous me fournirez également le maximum de tuyaux concernant sa vie privée, ses habitudes, ses relations, ses sympathies cachées, son attitude à l'égard de la France, bref, tout ce qui peut contribuer à dessiner un portrait *réel* du personnage.

Novic était effaré.

— Vous menez une enquête au sujet de Velinov ? questionna-t-il bêtement.

— On ne peut rien vous cacher, articula Francis, sarcastique.

— Mais pourquoi ? Velinov a toujours été d'une grande correction vis-à-vis de nous et des intérêts que nous défendons ici. C'est un homme loyal, intègre, et il n'a jamais fait mystère de ses opinions politiques. Il est communiste, bien sûr, et il applique les consignes du gouvernement comme tous les bons Yougoslaves, mais cela ne l'empêche nullement de se montrer libéral. Quant à ses sympathies cachées, comme vous dites, je ne vois pas ce que vous entendez par là. Tout le monde sait que Velinov penche vers Moscou et qu'il est respecté par les gens du Kremlin, sans être pour autant un valet de l'U.R.S.S.

— Mettez-moi tout cela par écrit. Je reviendrai chercher ce dossier demain, dans le courant de la matinée.

***

De l'ambassade, Coplan se rendit au domicile de Pierre Daraux. Celui-ci occupait un appartement de fonction situé dans la rue Kneza Milosa, au troisième étage d'un bel immeuble résidentiel, dans la partie rénovée de cette artère importante de Belgrade.

Pénétrant dans le building, Francis jugea inutile d'attendre l'ascenseur qui se baladait dans les hauteurs de l'immeuble, et il emprunta l'escalier de marbre.

Arrivé devant la porte palière, il appuya sur le bouton de cuivre de la sonnerie. N'obtenant pas de réaction, il sonna de nouveau, mais en formant son indicatif F.X. 18. Daraux comprendrait que le visiteur n'était pas un quelconque importun.

Ce signal de code ne donnant pas de résultat non plus, Coplan, les deux poings sur les hanches, resta pensif et perplexe.

Ou bien Daraux était absent, ou bien il dormait comme un loir.

Après un coup d'œil à la ronde, Francis décida d'utiliser son passe-partout.

La serrure — d'un modèle standard — n'offrit guère de résistance. Coplan entra dans l'appartement, referma la porte, traversa le petit hall d'entrée, déboucha dans la salle de séjour, promena un regard circulaire, fit demi-tour, inspecta la minuscule cuisine blanche, le petit cabinet de toilette, la chambre à coucher.

Personne.

De toute évidence, la grippe de Daraux était un mensonge. Pour une raison ou pour une autre, Daraux, sachant qu'il allait être absent pendant quelques jours, avait inventé ce prétexte afin d'avoir les mains libres vis-à-vis de l'ambassade.

Avait-il découvert une piste en relation avec l'affaire Lucar ?

Coplan reprit son inspection des lieux, plus attentivement, cette fois.

Dans la chambre à coucher, sur la table de chevet, il aperçut un tube de cachets anti-grippe presque vide. Après tout, cette grippe n'était peut-être pas tout à fait une maladie diplomatique ?

Dans la cuisine, il repéra des verres, des tasses, une théière, un cendrier. Daraux avait rangé cette vaisselle en vitesse, apparemment. Les verres avaient une odeur de whisky. En bon Français, Daraux avait estimé que la meilleure façon d'attaquer les microbes, c'était de les arroser d'alcool. Faute de cognac ou de rhum, il avait ingurgité du scotch.

Mais un détail retint brusquement l'attention de Francis.

Sans aller jusqu'à se considérer comme un disciple fanatique de Sherlock Holmes, il avait pour principe de ne jamais négliger le moindre petit fait d'observation. En l'occurrence, ce qui l'intéressait, c'était le cendrier de cristal rempli de mégots et de cendres.

Prenant une des petites cuillers qui traînaient parmi les soucoupes, il se mit à triturer le contenu du cendrier. En définitive, il identifia deux sortes de cigarettes : des Gauloises ordinaires, sans filtre, et des Pall Mall filtre.

Or, ces cigarettes lui rappelaient non seulement une scène très précise, mais une personne : Maria Vazina.

Il se souvenait très bien : Maria, nue et alanguie, sur le divan, chez elle. Et il lui avait allumé une des cigarettes qu'elle fumait habituellement, une Pall Mall à bout filtre.

Coïncidence ?

***

Après avoir déjeuné sur le pouce dans un petit restaurant de Terazije, Coplan était retourné à l'hôtel de la rue Komenicka.

Allongé sur le lit, les deux mains sous la nuque, les yeux fixant le plafond souillé de la chambre miteuse, il médita.

C'est dans cette posture que Lisa le trouva lorsqu'elle arriva à son tour, vers cinq heures de l'après-midi.

— Tu fais le paresseux, à ce que je vois, dit-elle avec un sourire bizarre, vaguement attendri.

— Je t'attendais.

— Je me suis promenée.

— Satisfaite ?

— Oui.

Elle se débarrassa de ses chaussures, s'étendit près de lui, lui chuchota dans le creux de l'oreille :

— Je crois que tout se présente bien. Nous quitterons l'hôtel vers huit heures, ce soir. Normalement, cela doit réussir. Tu me laisseras faire au début, et tu n'interviendras que quand j'aurai préparé le terrain. D'accord ?

— D'accord, souffla-t-il, émerveillé une fois de plus par l'efficacité de Lisa.

De contentement, il lui caressa la joue.

Cette approbation discrète et l'admiration confiante qu'elle exprimait touchèrent Lisa. Peut-être lut-elle aussi, dans le regard de Francis, quelque chose de plus que la tendresse chaleureuse qu'il éprouvait pour elle ?

L'étrange mystère qui brûle doucement dans le secret du couple se manifesta soudain et les enveloppa. Lisa posa ses lèvres sur celles de Coplan, ferma les yeux, savoura longuement ce baiser qu'elle prolongea avec ferveur jusqu'à la limite de ce que son émoi pouvait soutenir. Le cœur battant, la poitrine soulevée par l'intensité de la jouissance sensuelle qui s'emparait progressivement, irrésistiblement de son être, elle balbutia d'une voix à peine audible :

— Prends-moi... Je t'aime...

Ils firent l'amour comme si c'était la première fois que le désir les unissait dans la même plénitude, dans la même vibration, dans le même bonheur.

Et Coplan comprit par quel miracle deux êtres peuvent puiser indéfiniment, malgré les années, la joie dans une étreinte qui est toujours la même et qui se révèle chaque fois nouvelle.

***

Ils quittèrent l'hôtel un peu avant 20 heures, dînèrent de pâtisseries et de thé dans un snack de l'avenue Takovska, prirent ensuite la direction du Kalemegdan.

Il était près de 21 heures lorsqu'ils s'arrêtèrent devant un immeuble bourgeois de la rue Dunavska, à l'est de la colline sur laquelle s'érige la vénérable forteresse.

Lisa poussa le bouton de la sonnette.

***

Ce n'est qu'au bout de quelques minutes que la porte s'ouvrit, laissant apparaître une femme âgée d'une trentaine d'années, plutôt grande et bien en chair, blonde, les yeux bleus ornés de lunettes à monture en or, vêtue d'une robe bleue très correcte, quoique dépourvue d'élégance.

Lisa prit aussitôt la parole et débita, d'une voix gentille, amicale et persuasive, un discours volubile en serbo-croate, discours auquel Francis ne pigea strictement rien, sauf le nom de Dubrovnik cité à plusieurs reprises.

Janika Sandarek, l'amie de Stefan Lucar — car c'était elle — avait un de ces visages désuets empreints de sérieux, de candeur et de dignité qui caractérisaient naguère les filles de la bourgeoisie, bien élevées, instruites, aussi pudiques à l'égard d'elles-mêmes que d'autrui.

D'abord étonnée par cette visite inattendue, elle fit de son mieux pour affecter une indifférence qu'elle était loin d'éprouver. Elle manifesta ensuite une sorte de méfiance, mais qui ne dura pas. Finalement, elle esquissa un geste d'invite, priant les visiteurs d'entrer.

L'appartement de la grande blonde, situé au rez-de-chaussée, était bien à son image : propre, vieux jeu, un peu sévère.

Ayant introduit ses visiteurs dans un petit salon aux fauteuils recouverts de velours cramoisi, elle leur indiqua les sièges, prit place elle-même dans un des fauteuils.

Lisa relança aussitôt la conversation.

Janika Sandarek, attentive, grave et réservée, écoutait, répondait d'une voix douce, portait de temps à autre ses yeux bleus sur Francis qui se tenait bien tranquille dans son fauteuil et affichait un air absent du meilleur aloi.

Soudain, le silence étant tombé dans la pièce,

l'employée du ministère se tourna franchement vers Coplan et lui dit en français, avec une certaine lenteur et une certaine gaucherie :

— Vous êtes venu spécialement de Dubrovnik pour m'entretenir de Stefan, d'après ce que me dit madame, mais pourquoi voulez-vous parler à moi ?

Coplan s'efforça de s'exprimer le plus simplement, le plus clairement, le plus posément possible :

— J'ai vu Stefan à Dubrovnik et j'ai eu une longue conversation avec lui. Il m'a parlé de vous et il m'a expliqué que vous étiez la seule personne en qui il avait encore confiance désormais.

— Et c'est lui qui vous a dit de venir ici ?

— Non.

Imperceptiblement, la méfiance revint sur le visage lisse de la blonde.

Coplan reprit :

— Je sais que je vais vous faire de la peine, mais je pense que vous êtes une femme courageuse : Stefan est mort. Il a été assassiné par deux agents de la K.O.S.

Janika Sandarek encaissa le coup très stoïquement. Elle devint pâle, pinça les lèvres, baissa les yeux vers ses mains posées sur ses genoux.

Après un silence, elle articula d'une voix sourde :

— Cela me fait beaucoup de chagrin. Comment avez-vous appris qu'il était tué ?

— J'ai vu son corps, et j'ai également vu ses assassins. Ils ont voulu me tuer également... Bien entendu, ceci est un secret.

Sur ces mots, Francis extirpa de sa poche les lettres de Janika adressées à la tante Klara Dagulic. Il tendit la liasse à la blonde en disant :

— Voici les lettres que vous avez écrites à Stefan.

Elle prit machinalement les missives, dévisagea Francis d'un œil un peu égaré, demanda :

— Il vous avait remis ces lettres ?

— Non, mais j'ai estimé qu'il était plus prudent de vous les restituer. Vous saviez que Stefan était en danger ?

— Oui.

— Je vais vous parler très franchement, mademoiselle Sandarek. Je suis venu en Yougoslavie pour aider Stefan, pour le protéger, pour lui faire comprendre qu'il devait quitter son pays et venir avec moi en France pour se mettre à l'abri en attendant des jours meilleurs. S'il avait accepté ma proposition, ses ennemis n'auraient pas pu l'assassiner, et il serait encore vivant aujourd'hui.

— Il a refusé de vous suivre ? murmura la blonde.

— Non, il n'a pas refusé, mais il m'a demandé quelques jours de délai. Avant de s'expatrier, il voulait, selon son expression, régler ses comptes. Si j'ai bien saisi le fond de sa pensée, il ne voulait pas quitter la Yougoslavie sans avoir tiré au clair la mystérieuse manœuvre qui a provoqué son arrestation. Il soupçonnait certaines personnes, mais il voulait des preuves et il voulait punir lui-même les coupables.

Janika ne répondit pas. La tête baissée, elle

regardait sans les voir les lettres qu'elle tenait dans ses mains.

A la fin, elle soupira :

— Pauvre Stefan ! Un garçon si courageux, si intelligent et si dévoué ! Il n'avait pas mérité tous ces malheurs qui lui sont arrivés.

Coplan, qui se demandait comment il allait aborder le point crucial de cette entrevue, reprit, sur un ton un peu plus solennel :

— Mademoiselle Sandarek, je suis venu vous voir pour vous poser une question très importante. Avant de me répondre, réfléchissez. Je sais que Stefan vous a fait des confidences, et il a dû insister pour que vous ne répétiez à personne les choses qu'il vous a dites. Mais Stefan est mort, malheureusement... Au cours de la longue conversation que j'ai eue avec lui, j'ai senti qu'il me cachait quelque chose. Il avait un secret, et cela concernait son arrestation.

La jeune femme demeura silencieuse. Coplan lui demanda :

— Est-ce qu'il vous avait parlé de moi ?

— Mais..., je ne sais pas qui vous êtes, dit-elle, en posant sur son interlocuteur ses grands yeux bleus voilés de tristesse. Madame m'a dit que vous étiez des amis français de Stefan...

— Je m'appelle Francis Coplan.

— Non, il ne m'a pas parlé de vous.

— Quand il vous a demandé de lui écrire à Dubrovnik, chez sa tante, il vous a confié une mission, n'est-ce pas ? Vous y faites d'ailleurs allusion dans une de vos dernières lettres.

— Je n'ai rien à dire à ce sujet.

— Vous prenez une lourde responsabilité, mademoiselle Sandarek, articula Francis. Stefan est mort parce qu'il m'a caché quelque chose. D'autres personnes vont sans doute mourir pour la même raison. En votre âme et conscience, avez-vous le droit de vous taire, de provoquer d'autres malheurs et de m'empêcher de venger Stefan ?

La blonde, impressionnée, émue, rajusta nerveusement ses lunettes.

— Oui, dit-elle soudain. Stefan avait un secret, et il me l'avait confié. Après sa sortie de prison, il m'a apporté des papiers... A présent qu'il est mort, je peux vous dire la vérité : *Stefan était désespéré parce qu'il savait que c'était la France qui l'avait trahi.*

CHAPITRE XIII

Coplan, les sourcils froncés, scruta le visage de Janika Sandarek.

— Excusez-moi, dit-il, je voudrais être sûr d'avoir bien compris les paroles que vous venez de prononcer. D'après vous, Stefan croyait que c'était la France qui l'avait dénoncé à la K.O.S. ?

— Oui, confirma-t-elle avec une pointe de ressentiment. Et je peux vous dire que c'était pour lui une déception cruelle, affreuse.

— Mais..., sur quoi fondait-il ses soupçons ?

— Non, pas des soupçons, corrigea-t-elle, il avait la certitude.

— Je ne comprends pas. Pourquoi ne m'a-t-il pas dit la vérité ?

— Vous savez, je travaille depuis dix ans au ministère et j'ai toujours été dans le service de Stefan. Je suis un peu au courant de la politique... Stefan m'a expliqué que les documents qu'il a vus dans le bureau du procureur Kostofic lui ont donné un choc : les Russes avaient des informations que seule la France avait pu leur communiquer.

Coplan, décontenancé, se gratta machinalement la tempe. Il discernait mieux, à la lumière des révélations que l'amie de Stefan venait de lui faire, ce qui avait pu motiver certaines attitudes à son égard : le mutisme étrange de Lucar lui-même sur certains points, l'anxiété mêlée d'effroi du jeune Michel Kosic.

Cependant, il y avait quelque part une contradiction. Et Coplan s'en ouvrit à la blonde.

— Selon vous, mademoiselle Sandarek, Stefan avait donc la certitude que *c'était la France qui l'avait dénoncé ?* Vous êtes tout à fait affirmative sur ce point ?

— Oui.

— Mais alors, pourquoi voulait-il surveiller Marco Stalanic à Cavtat ?

— Eh bien ! dit-elle, je vais vous raconter ce que Stefan me disait... Il y avait deux possibilités. Un gouvernement est parfois obligé d'agir d'une certaine façon pour défendre des intérêts supérieurs. Tout le monde est au courant de cela... La France, qui s'est beaucoup rapprochée de Moscou pour créer un équilibre entre l'Est et l'Ouest, a peut-être jugé utile de transmettre aux gens du Kremlin les projets de notre pays au sujet du Comecon. Pour des mobiles stratégiques, les gouvernements n'hésitent pas à sacrifier un serviteur modeste. Stefan disait qu'il n'était qu'un tout petit rouage dans une grande machine... Mais il y avait l'autre possibilité aussi. Stefan avait remis une copie de son rapport à M. Daraux pour qu'il le fasse parvenir à Paris. Or, M. Daraux voyait souvent Dusan Velinov, notre directeur au ministère, et Velinov est un ami du Kremlin.

— Oui, je vois, opina Francis, le visage austère. En somme, Stefan n'était sûr que d'une chose : c'était la France qui l'avait livré à la K.O.S. Mais il ignorait si la trahison avait eu lieu à l'échelon gouvernemental ou si ce n'était pas Daraux, son intermédiaire, qui était coupable de cette félonie ?

— Exactement.

— Si j'ai bonne mémoire, c'est dans votre dernière lettre que vous informez Stefan que le nommé D n'a plus été vu dans le bureau de Velinov depuis le 22 avril. Je suppose qu'il s'agit bien là de mon compatriote Pierre Daraux, l'attaché commercial de notre ambassade.

— Oui, reconnut-elle sans hésiter. Stefan m'avait demandé de lui signaler les contacts entre M. Daraux et Velinov.

— Pourquoi suspectait-il Daraux ? Parce qu'il avait servi d'intermédiaire au sujet de ce rapport confidentiel sur le Comecon ?

— Pour une autre raison également.

— Laquelle ?

Une légère rougeur colora la face pâle de la blonde.

— Quelques mois avant son arrestation, Stefan avait eu une déception d'ordre privé, un grand chagrin sentimental. La jeune fille qu'il aimait l'avait..., l'avait bafoué.

— Maria Vazina ?

— Oui, c'était ma collègue, à l'époque. Or, elle avait eu une aventure avec l'ami de Velinov,

Marco Stalanic, et elle a aussi eu une liaison avec M. Daraux. Il pouvait y avoir là une explication, et c'est pour cela que Stefan est parti à Dubrovnik. Vous comprenez ?

— Oui, maintenant, je comprends.

— Maria Vazina est une femme dangereuse. Aucune moralité, pas de scrupules, un cynisme dégoûtant... Séduire M. Daraux n'était pas difficile pour elle, mais ce n'était peut-être pas seulement un jeu.

Coplan se fit la réflexion que ses déductions à la Sherlock Holmes, dans l'appartement de Daraux, ne l'avaient sans doute pas trompé : Daraux avait bien reçu la visite de la trop séduisante Maria.

L'existence d'une histoire de coucherie entre Maria et Daraux faisait évidemment apparaître des perspectives inédites sur bien des événements qui s'étaient déroulés depuis l'arrivée de Francis à Belgrade. Du coup, les silences, les réticences, le manque de zèle de Daraux n'étaient que trop compréhensibles. Et l'agression dont il avait été victime, lui, Coplan, n'avait plus rien de mystérieux. Mais le plus grave, c'est que c'était probablement Daraux qui avait aiguillé les deux agents de la K.O.S. sur Dubrovnik.

Coplan dit alors à Janika Sandarek :

— En me parlant à cœur ouvert comme vous venez de le faire, vous m'avez rendu un grand service, et je peux vous assurer que vous avez bien servi la mémoire de Stefan. Je peux vous affirmer, d'autre part, que ce n'est pas la France qui a trahi notre malheureux ami. Je ne serais pas ici pour tirer cette affaire au clair si mon gouvernement avait été le vrai coupable... J'ai une dernière faveur à vous demander : êtes-vous disposée à me remettre les documents que Stefan vous avait confiés ? Pour votre propre sécurité, il est préférable que vous vous débarrassiez de ces papiers compromettants.

— Oui, dit la jeune femme, je vais vous les donner. Vous permettez ?

Elle se leva, sortit de la pièce, revint quelques instants plus tard avec une grande enveloppe brune qu'elle tendit à Francis.

Il ouvrit le pli.

Avec la minutie digne d'un haut fonctionnaire du ministère, Lucar avait constitué un dossier qui renfermait en quelque sorte toutes les pièces à conviction de son affaire : photocopie des notes transmises au Vieux *via* Daraux ; reconstitution des documents en possession du procureur Kostofic ; analyse et comparaison des deux rapports.

La similitude était flagrante. Et elle accusait la France. Mais la France, ce pouvait être le Vieux, le Quai d'Orsay ou Daraux.

***

Lorsqu'ils quittèrent le domicile de Janika Sandarek, Coplan et Lisa ne pavoisaient pas.

Lisa murmura :

— Une fois de plus, le vieil adage est de circonstance : *cherchez la femme*... J'ai l'impression qu'ils se sont tous fait avoir par Maria Vazina, non ? Lucar, Daraux...

— Oui, ça m'en a tout l'air, maugréa Francis. Le plus drôle, c'est que cette fille m'avait fait une excellente impression quand je l'avais vue à Paris avec Lucar. Leur réseau venait de démarrer, et je considérais Maria comme un élément d'avenir. Je me suis fourré le doigt dans l'œil, moi aussi.

— Ce qui serait intéressant, ce serait de connaître l'étendue du mal, fit remarquer Lisa. Cette femme opérait-elle à la solde de Moscou depuis longtemps, ou son retournement est-il récent ? La réponse à cette question peut avoir des conséquences à longue échéance pour le S.D.E.C.

— Tu me donnes une idée, grinça Coplan.

Il jeta un coup d'œil à sa montre, reprit :

— Nous allons passer chez la belle Maria Vazina. Je te présenterai.

— Pas question, protesta Lisa. Je ne tiens pas à me griller avant de commencer.

— Rassure-toi, tu ne seras pas grillée. Tu me serviras simplement de prétexte pour l'amadouer. Ensuite...

Il articula, d'une voix presque doucereuse :

— Je te prie de croire qu'elle va passer un mauvais quart d'heure, la séduisante Maria.

Mais ces projets tombèrent à plat. Maria Vazina n'était pas chez elle. Coplan eut beau sonner une demi-douzaine de fois, personne ne vint ouvrir.

Par acquit de conscience, Coplan tint à retourner chez Daraux. Il habitait d'ailleurs à quelques minutes de chez Maria.

Mais Daraux n'était pas là non plus. En pénétrant dans l'appartement avec son passe-partout, Coplan constata une chose bizarre : quelqu'un était venu depuis sa visite et avait fouillé de fond en comble tous les meubles ! Et ce quelqu'un avait fait disparaître le cendrier de cristal contenant les mégots de cigarettes Pall Mall filtre !

En y regardant de plus près, Francis s'aperçut également que les verres qui traînaient sur l'évier de la cuisine avaient été rincés et essuyés.

Ayant rejoint Lisa qui faisait le guet au-dehors, il lui fit part de ce qu'il venait de découvrir. Lisa émit, d'une voix songeuse :

— Tout cela, c'est plutôt mauvais signe, non ?

— Oui, j'ai l'impression que nous ne reverrons pas Daraux de sitôt. Si Maria Vazina a jugé nécessaire de retourner dans l'appartement pour faire disparaitre les traces de son passage, c'est qu'elle avait une raison majeure.

— Il faudra prévenir le Vieux.

— Oui, dès demain matin.

***

Le lendemain matin, un peu avant dix heures, Coplan et Lisa se rendirent à l'ambassade.

Victor Novic, l'adjoint de Daraux, attendait Francis.

— Il y a un message qui est arrivé pour vous, monsieur Carpin, annonça-t-il. Il est au bureau du Chiffre. Voulez-vous que j'aille vous le chercher ?

— Non, ne vous dérangez pas, je vais y aller

moi-même. Avez-vous préparé le dossier que je vous ai demandé hier ?

— Oui, le voici.

Il remit une chemise cartonnée à Coplan, qui parcourut rapidement les documents que contenait le dossier.

— Parfait, je vous remercie. Toujours sans nouvelles de votre chef ?

— Il n'a pas téléphoné.

Coplan monta au second étage de l'immeuble et frappa à la porte du local où étaient installés les services du Chiffre. Le patron de la section, un Français de Toulouse, un petit gros de quarante-cinq ans, nommé Capdarry, salua l'arrivant et lui dit, avec son bon accent natal :

— La prochaine fois, indiquez-moi le nom de votre hôtel. Ce message vous attend depuis hier ; nous l'avons reçu à 17 h 40.

Coplan prit l'enveloppe que lui tendait le petit gros, la décacheta, en retira un feuillet qui portait ces mots :

« *Quatre colis arrivés à C.* » (Signé : Jean.)

C'était Jean Legay qui confirmait, de Dubrovnik, que Marco Stalanic et trois autres personnes étaient arrivés à Cavtat.

Coplan restitua l'enveloppe et le billet à Capdarry.

— A détruire, dit-il.

Puis, extirpant de sa poche le pli que lui avait confié Janika Sandarek, il demanda au Toulousain :

— Pouvez-vous me sceller cette missive à la cire ?

— Oui, naturellement.

— C'est à expédier de toute urgence au directeur du S.D.E.C., par la valise. Je vais d'ailleurs rédiger une note qui devra accompagner le pli et que vous transcrirez en code. Où puis-je me mettre, pour écrire ?

— Il y a un bureau disponible dans la pièce voisine. Voici du papier.

En s'efforçant d'être aussi concis que possible, Coplan dressa pour le Vieux un bilan complet de l'Opération R.E.C. telle qu'elle se présentait à la lumière des derniers événements.

Pour conclure, il formula une question et une recommandation :

1° *Le Service peut-il obtenir, après enquête, la certitude que les fuites concernant le Comecon ne résultent pas d'une action délibérée du Quai d'Orsay ?*

2° *Suspendre provisoirement tout contact avec S.B.12 au sujet de R.E.C.*

Après avoir relu deux fois son texte pour être bien certain qu'il n'avait rien oublié, Francis écrivit sur une autre feuille :

« *A partir du présent message, ordre formel de stopper toute liaison avec correspondant Dubrovnik, F.X. 18. Attendre signal par Z.Y. 02.* »

Coplan retourna alors dans le bureau de Capdarry.

— Voici les messages pour le S.D.E.C., dit-il au Toulousain. Je suis désolé, mais je ne pouvais pas être plus bref. Chacune de mes phrases a son importance.

— Je vais m'en occuper, acquiesça le petit gros. C'est une sacrée tartine, en effet.

— Quand peut-on prévoir la délivrance de la marchandise au destinataire ?

— Demain, dans la matinée. Nous avons un courrier qui prend l'avion ce soir. Vous attendez une réponse ?

— Justement, j'allais vous en parler. Jusqu'à nouvel avis, tout ce qui viendra de Paris pour F.X. 18 devra être adressé sous forme de simple lettre-avion au nom de Mme Giovanelli, chez M. Vicevik, put Zupa, Cavtat.

— Un instant, je prends note... Il y aura forcément un certain décalage, du fait de la...

Il fut interrompu par l'irruption dans le bureau d'un grand gaillard maigre et nerveux qui s'écria :

— Dites donc, Capdarry, vous savez la nouvelle ? Daraux s'est tué avec sa bagnole ! Il y a plein de flics et de motards de la K.O.S. dans le bureau de l'ambassadeur ! Ce sont des bûcherons qui ont retrouvé la Peugeot de Daraux au fond d'un ravin, du côté de Zvornik !

CHAPITRE XIV

La mort de Pierre Daraux avait, on s'en doute, suscité une vive émotion parmi le personnel de l'ambassade.

Après le départ des policiers et des officiels yougoslaves, Coplan demanda à voir l'ambassadeur en personne. Celui-ci, un homme imposant et corpulent, âgé de soixante ans, au faciès austère, aux cheveux gris, était encore bouleversé lorsqu'il accueillit Francis dans son vaste bureau.

— Je suis consterné, dit l'ambassadeur. Pierre Daraux était un de mes meilleurs collaborateurs. Je crois que sa disparition est une grosse perte également pour votre directeur, n'est-ce pas ?

— C'est à ce propos, précisement, que je me suis permis de vous demander une entrevue, répondit Coplan. La police vous a-t-elle donné des détails au sujet de cet accident ?

— En fait, on ne sait pas grand-chose quant aux circonstances exactes du drame. Les faits matériels ont été établis par la gendarmerie locale. Pour une raison qui n'a pas encore été déterminée, il semble que Daraux ait perdu le contrôle de sa voiture dans un virage de montagne. Le véhicule a heurté un muret de pierre avant de tomber dans un ravin ; il a pris feu, mais il n'a été que partiellement détruit par les flammes. Ce qui reste du corps a été déposé à la morgue municipale de Zvornik, en attendant l'arrivée des enquêteurs officiels. Quant aux débris de la voiture, le rapport de la gendarmerie signale qu'il sera très difficile de les récupérer pour examen. Bien entendu, j'ai immédiatement prévenu le Quai d'Orsay et votre directeur sera informé automatiquement.

— En tout état de cause, il y aura lieu d'adopter sans discussion la thèse de l'accident. Mon directeur vous le confirmera, mais je prends personnellement la responsabilité de cette consigne.

L'ambassadeur arqua un sourcil.

— Dois-je comprendre que cette thèse pourrait être sujette à caution ?

— Il s'agit très probablement d'un crime camouflé, révéla Coplan. Daraux, dans le cadre de ses activités marginales, était mêlé à une obscure affaire de fuites. C'est le mobile de ma venue dans ce pays.

— Très bien. Je me conformerai à vos recommandations. Pour moi, Daraux était un attaché commercial dont les prestations ont toujours été de tout premier ordre. C'est tout ce que je veux savoir.

***

Partis trop tard de Belgrade pour rallier Dubrovnik d'une seule traite, Coplan et Lisa s'arrêtèrent dans un motel de tourisme, à Kremna, une bourgade rurale située dans une belle vallée verte.

Durant tout le trajet, ils avaient essayé de faire le point au sujet de l'affaire Lucar et ils avaient abouti à la même conclusion : le terrain devenait terriblement brûlant.

La mort de Pierre Daraux avait dissipé toute équivoque sur un point capital : Lucar ne s'était pas trompé en affirmant que c'était la France qui l'avait trahi.

Restait à élucider l'inquiétant mystère qui entourait cette trahison. Car, pour faire place nette et sauvegarder l'avenir, il fallait frapper sans erreur les adversaires qui avaient tramé ce complot et provoqué la liquidation de deux agents du S.D.E.C.

Lorsqu'ils reprirent la route, le lendemain matin, Lisa déclara calmement :

— A mon avis, nous ne pouvons pas retourner à l'*Excelsior*, Francis. J'ai beaucoup réfléchi à ce problème, cette nuit, et j'ai l'impression que nous allons bel et bien nous jeter dans la gueule du loup.

— Tout à fait d'accord avec toi, mais, au point où nous en sommes, je crois que le moment est venu de prendre ce risque. C'est le seul moyen, en définitive, de voir à quel loup nous avons affaire et comment sa gueule est faite.

— Je reconnais que l'audace est souvent

payante, mais la ruse et la prudence ne sont pas moins efficaces.

— Explique-toi clairement et franchement.

— Tout ce qui s'est passé jusqu'à présent nous montre que nos ennemis sont plus puissants, plus nombreux et mieux organisés que nous. De plus, ils se battent sur leur terrain. Notre témérité peut se retourner contre nous et nous coûter très cher. En fait, nous sommes menacés de perdre d'un seul coup tout le bénéfice de notre travail. Non seulement la mission sera loupée, mais nous y laisserons notre peau.

— Quelle est ta suggestion ?

— Il nous faudrait une position de repli.

— C'est-à-dire ?

— La possibilité de prendre du recul et de préparer solidement, soigneusement notre offensive. Si nos adversaires nous ont tendu un piège à Dubrovnik, il faut que ce piège se referme sur eux et non sur nous. Tu vois ce que je veux dire ?

— Oui, mais c'est de la théorie. En pratique, cela ne me paraît pas si simple.

— Il y a deux solutions : ou bien faire appel à Krijaka, le correspondant du Vieux qui tient un bistrot dans la vieille ville, ou bien solliciter carrément la collaboration du cousin de Lucar, le type qui habite dans la montagne au-dessus de Dubrovnik.

Elle ajouta :

— Personnellement,c'est la seconde solution qui me paraît la meilleure, car elle nous permettrait de regrouper toute l'équipe dans un secteur beaucoup moins voyant, beaucoup moins vulnérable que la vieille ville.

— Admettons. Mais comment vois-tu cette combine sur le plan concret ?

— C'est bien simple. Nous nous arrêtons à Trebinje et je continue seule avec la Volkswagen. Je me donne un battement de quelques heures pour identifier le cousin de Lucar et pour le convaincre. Quand tout sera arrangé, je rétablirai le contact avec Fondane et Legay et je reviendrai te chercher.

Coplan, peu enclin par tempérament à s'entourer de trop de précautions, mais toujours accessible aux arguments de la raison, marqua son accord.

— Je me rallie à ton idée, dit-il. Ce qui compte, c'est de mettre le maximum d'atouts dans notre jeu. Si je comprends bien, tu as passé une partie de ta nuit à cogiter ?

— Oui, reconnut-elle. La mort de Daraux est un avertissement que nous ne devons pas négliger. Elle prouve que nos adversaires ont décidé de recourir aux moyens extrêmes. La disparition des deux tueurs qui ont exécuté Lucar a dû les affoler. Si tu te fais kidnapper comme à Belgrade, ils ne te ménageront plus, cette fois-ci.

— Je ne me fais aucune illusion là-dessus, grommela Francis.

Ils s'arrêtèrent donc à Trebinje, charmante bourgade de l'Herzégovine, à trente kilomètres du Dubrovnik, localité très fréquentée par les touristes qui viennent y contempler les vestiges de l'occupation turque, notamment une mosquée et un palais beylical.

Ils trouvèrent une chambre confortable à l'hôtel *Leotar,* d'où Lisa repartit vers 16 heures, au volant de la Volkswagen, à destination du Dubrovnik.

Comme c'était dimanche, il y avait encore plus de visiteurs que d'habitude qui déambulaient dans le pittoresque petit patelin. Après une courte promenade, Francis préféra regagner le *Leotar.* Il se fit monter une bouteille de bière et il s'enferma dans sa chambre du deuxième étage.

Le temps lui parut long.

A huit heures du soir, il descendit au restaurant de l'hôtel et il dîna.

Apparemment, Lisa s'était montrée quelque peu optimiste en calculant qu'il lui suffirait de deux ou trois heures pour réaliser ses projets.

A mesure que le temps s'écoulait, Coplan regrettait de plus en plus d'avoir accepté la suggestion de sa compagne. N'était-elle pas tombée dans un traquenard ?

A minuit, vaguement furieux contre lui-même d'en être réduit à cette attente passive et de ne pouvoir refouler comme il le voulait cette insidieuse anxiété qui le tenaillait, il décida de se coucher.

***

Il n'était pas loin de dix heures, le lundi matin, quand enfin la Volkswagen fit son apparition. Coplan, qui montait la garde d'un air faussement désœuvré, assis à la terrasse avec un verre de bière, se sentit soulagé.

Lisa n'était pas seule dans la voiture. Un passager occupait le siège à côté d'elle, un homme à la carrure athlétique, dont Francis ne pouvait distinguer les traits de l'endroit où il se trouvait.

La Volks se rangea dans le parking. Lisa débarqua, et Francis reconnut alors Jean Legay qui descendait à son tour du véhicule.

Coplan se leva et alla au-devant de ses amis.

Lisa, toujours calme et placide, esquissa un léger sourire en murmurant :

— Excuse-moi de t'avoir fait attendre, mais le cousin de Lucar n'était pas chez lui quand je suis arrivée à Bosanka, et j'ai perdu un temps fou. J'en ai profité pour faire un saut jusqu'à Cavtat où j'ai rencontré Jean. Tout est arrangé, nous pouvons nous mettre en route.

Jean Legay suggéra :

— Faisons un tour dans le parc, nous avons pas mal de choses à nous dire.

Dès qu'ils furent seuls dans une des allées tranquilles du jardin dépendant de l'hôtel, Jean Legay reprit :

— Lisa m'a communiqué les dernières nouvelles. La mort de Daraux est une sale histoire, pas de doute. Et si ce sont les adversaires de Lucar qui l'ont liquidé, on peut se demander s'ils ne l'ont pas torturé avant sa mise à mort.

Coplan eut une moue dubitative.

— A mon avis, émit-il, ils n'ont pas dû le torturer pour le faire parler. Il était probablement sous la coupe de Maria Vazina, l'ancienne maîtresse de Lucar, et il lui refilait toutes les informations qu'elle réclamait.

— Ce qui explique ton enlèvement à Belgrade et la venue de ces deux agents de la K.O.S. à Dubrovnik, enchaîna Legay, la mine soucieuse.

— Ce qui explique aussi l'embarras de Daraux à mon égard, continua Francis. Mon insistance à lui demander des rapports de surveillance concernant Maria a dû lui poser des problèmes.

— Ce qui est sûr et certain, c'est que mon incognito est foutu, râla Legay. Daraux était en liaison avec moi.

— Ce n'est ni sûr ni certain, rectifia Francis. Disons que c'est possible. Daraux n'était pas cinglé, tout de même. En révélant trop de choses à Maria, il flanquait son propre alibi en l'air. Il était assez habile pour savoir que le double jeu exige une certaine discrétion.

— Heureusement, il ignorait la présence de Fondane et de Suzy dans le circuit. De ce côté-là, rien à craindre. Mais pourquoi diable ont-ils tout à coup jugé nécessaire d'éliminer radicalement Daraux qui leur rendait tant de services ?

— Nous ne le saurons peut-être jamais, grommela Coplan. Lisa considère cette exécution comme un signe d'affolement, ce qui n'est pas exclu. Dans les moments critiques, un agent double devient une menace permanente pour tous ceux qui l'utilisent.

Legay se gratta la nuque.

— C'est un avertissement qui est valable pour nous aussi, dit-il. Le temps des politesses est révolu. D'ailleurs, ce qui se passe à Cavtat en est sans doute une preuve supplémentaire. Marco Stalanic n'a installé aucune pin-up dans sa jolie maison de campagne ; il est accompagné de trois types qui ne donnent pas l'impression d'être là pour la rigolade. J'ai déjà deux renseignements, mais je n'ai pas encore pu les faire entendre à Lisa. Nous le ferons quand nous serons en lieu sûr.

***

Quelques heures plus tard, alors qu'ils approchaient de la côte, Lisa eut encore l'occasion de montrer ses talents. Au lieu d'emprunter la route de Dubrovnik, elle bifurqua dans une voie secondaire qui les mena d'abord à Brgat, un village de montagne, puis, de là, au sommet du mont Zarcovica. Laissant à sa gauche le café-restaurant qui marque le terminus de cette randonnée célèbre pour son point de vue panoramique, elle s'engagea dans un chemin de terre qui sinuait entre les buissons d'un maquis désertique.

Le décor était superbe. Des oiseaux chantaient, le soleil brillait dans un immense ciel bleu, nulle présence humaine ne troublait la calme solitude de ce paysage montagnard qui paraissait hors du monde civilisé.

Après plusieurs montées et descentes sur le chemin cahotique, ils traversèrent un bois. Et, à la sortie de ce bois, ils se trouvèrent brusquement devant Bosanka, image parfaite du village rustique tel qu'on le représentait autrefois sur les gravures : quelques fermes grises et basses avec le tas de fumier dans la cour, quelques vieilles bicoques rurales, une petite église, une école, des jardins potagers, des poules picorant en liberté, des cochons crottés grognant dans des enclos, des vaches et des veaux broutant l'herbe d'un terrain vague.

Lisa contourna la minuscule bourgade, braqua sur la droite pour s'engager dans un chemin de culture. Finalement, à la périphérie du hameau, elle franchit le portail d'une grande ferme aux nombreuses dépendances.

— Nous sommes arrivés, annonça-t-elle, en coupant le moteur de la Volkswagen. Le fermier s'appelle Jozip Dagulic. C'est un des fils de la tante de Lucar. Il ignore évidemment que son cousin Stefan est mort. Je lui ai raconté que Stefan avait été obligé d'aller se cacher ailleurs pendant quelques semaines.

Coplan questionna :

— Ce Jozip est-il au courant des ennuis de Lucar ?

— Oui. Il sait que son cousin a été mis en prison pour une affaire politique.

— Parle-t-il le français ?

— Pas un mot. Quelques bribes d'allemand et d'italien, mais ça ne va pas loin. Tenez, le voilà qui s'amène...

Ils débarquèrent.

Jozip Dagulic était une espèce de géant au visage rond, aux cheveux noirs et drus, au teint recuit par le soleil et l'air de la montagne. Il paraissait âgé d'une quarantaine d'années. Vêtu d'un pantalon brun, d'une chemisette décolorée dont le col échancré laissait voir les poils noirs et frisés de son énorme poitrail, chaussé de bottes maculées de terre, il arborait cette expression à la fois fruste et madrée du paysan qui se sent maître chez lui, qui connaît les réalités de la vie et qui ne s'en laisse pas conter. Ses bras nus et bronzés révélaient une puissance physique peu ordinaire.

Il salua Lisa, lui dit quelques mots dans sa langue natale, puis, avec un sourire un peu guindé, il serra la main de Coplan et de Legay.

Visiblement, ces gens de la ville l'intriguaient.

De son pas pesant et régulier, il conduisit les trois visiteurs vers une petite maisonnette grisâtre — aux murs épais que trouaient de minuscules fenêtres — située au fond d'un verger à l'abandon.

Il poussa une porte branlante, s'effaça pour laisser entrer les étrangers, donna quelques explications à Lisa sur un ton sceptique, légèrement goguenard.

Lisa traduisit, pour Coplan et Legay :

— La grand-mère de Jozip a vécu ici les dix dernières années de sa vie ; elle est morte il y a quatre ans, et la maison est inoccupée depuis lors. Jozip me dit que ses petits-enfants le caseront dans ce trou quand il ne sera plus bon à rien !

Le paysan riait sans arrière-pensée. Conscient de sa vigueur, cette perspective lointaine l'amusait.

Coplan pria Lisa de remercier Jozip et de

l'assurer que son hospitalité était un geste amical qui le touchait beaucoup.

Jozip haussa les épaules, fit encore deux ou trois recommandations à Lisa, puis se retira.

Jean Legay ironisa :

— C'est moins confortable qu'un *Hilton*, mais c'est tranquille et on a le bon air.

Coplan inspectait déjà les lieux. La bicoque ne comportait que deux pièces : une petite salle commune et un débarras. En fait, c'était la réplique de celle que Lucar avait habitée à la limite de Dubrovnik, derrière l'ancien couvent Saint-Jacques.

Lisa commenta :

— Il n'y a qu'un lit, mais le matelas nous servira de paillasse en cas de besoin. Ce qui est bien, c'est qu'il y a l'électricité.

— Bon, nous nous débrouillerons avec les moyens du bord, résuma Francis. Voyons maintenant les enregistrements de Cavtat.

Jean Legay alla chercher une valise dans le coffre de la Volkswagen, en retira un magnétophone, l'installa sur la table.

Les conversations enregistrées dans la villa de Marco Stalanic furent bientôt diffusées par le petit haut-parleur rond de l'appareil. La qualité du son n'était pas extraordinaire, mais les voix étaient néanmoins suffisamment compréhensibles et différenciées.

Lisa, les yeux fermés pour mieux concentrer son attention, écouta la première bande. Coplan et Legay n'y pigèrent rigoureusement rien, les personnages s'exprimant en serbo-croate.

Quand le silence retomba, Lisa murmura :

— Je retranscrirai tout cela par écrit, mais ce que je peux déjà vous dire, c'est que Stalanic et ses amis sont de mauvaise humeur et qu'il y a du tirage entre eux. J'ai saisi au vol le prénom de Dusan, le nom de Kostofic et l'intonation particulièrement gutturale du quatrième personnage que les autres appellent *colonel*...

Coplan demanda :

— En gros, quel est l'objet de leur discussion ?

— D'après ce que j'ai compris, dit Lisa, ce colonel est surtout monté contre Dusan, auquel il reproche sa mollesse, son imprudence, son manque d'autorité. Le nom de Coplan a été cité deux fois, et un autre nom quatre ou cinq fois : Janko Derejek.

— C'est un des deux tueurs de Lucar, signala Francis. Celui qui avait une carte officielle de la K.O.S.

Lisa reprit :

— Ce colonel me fait l'effet d'un type aussi brutal que borné. Il n'arrête pas de répéter qu'il faut en finir, que l'enjeu est important et que la moindre défaillance aboutira à une catastophe irréparable. J'avoue que je ne vois pas à quoi il fait allusion.

— Sauf erreur, fit Coplan, le procureur Kostofic aurait donc partie liée avec le tandem Marco Stalanic-Dusan Velinov ?

— A moins qu'il ne s'agisse d'un homonyme, dit Lisa. Je vais écouter la deuxième bande.

Durant l'audition du second enregistrement,

elle hocha plusieurs fois la tête. Puis, quand le silence retomba de nouveau, elle annonça :

— Cette fois, il n'y a plus de doute, c'est bien le procureur Kostofic qui figure parmi le quatuor de Cavtat. Au cours d'un dialogue avec le colonel, Dusan Velinov fait une allusion très nette au sujet de l'instruction de l'affaire Lucar, et il rappelle que tout le monde était d'accord à ce moment-là. Le colonel continue d'ailleurs à fulminer, en reprochant au procureur de l'avoir mal informé.

Coplan se gratta la tempe d'un air perplexe et dévisagea ses deux collaborateurs.

— Curieuse maffia, non? grommela-t-il. J'avoue que j'y perds mon latin, moi. Lucar m'avait bien certifié qu'il ne serait jamais sorti vivant des oubliettes de la K.O.S. s'il n'avait pas bénéficié de la sympathie et de la bienveillance du procureur Kostofic.

Legay ronchonna :

— Ces types ne peuvent tout de même pas être, *simultanément,* des amis et des adversaires de Lucar !

Il ajouta, vindicatif :

— Faudrait qu'on sache exactement à quoi s'en tenir avant de déclencher la bagarre.

— De toute manière, stipula Francis d'un ton ferme, nous choisirons notre heure pour déclencher la bagarre. Nous y verrons sûrement plus clair quand nous aurons capté d'autres conversations.

Lisa s'enquit :

— Puis-je m'attaquer maintenant à la transcription des écoutes ? Il y a peut-être des nuances qui m'ont échappé. Une première audition est forcément approximative.

— Tu t'en occuperas plus tard, répondit Coplan. Le plus urgent, c'est de rétablir le contact avec Fondane et Suzy. La liaison avec le Vieux passera désormais par eux et il faut les prévenir.

— Bon, acquiesça Lisa, je reconduis Jean à Cavtat alors ?

— Oui, mais tu me déposeras d'abord à l'*Excelsior* et tu m'y rejoindras à ton retour de Cavtat.

Une demi-heure plus tard, Coplan franchissait la porte de l'hôtel.

Il se dirigea vers le comptoir de la réception, demanda la clé de sa chambre au préposé. Puis, tout en jetant un rapide coup d'œil vers les gens qui occupaient les fauteuils alignés le long des grandes baies vitrées, en face du comptoir, il s'avança vers les ascenseurs.

Il avait presque traversé le hall immense, lorsque son regard fut accroché par une silhouette féminine. Maria Vazina ! Perchée sur un des hauts tabourets du bar, près de l'escalier de la salle à manger, la séduisante Yougoslave, en robe blanche, sirotait un cocktail.

En voyant Francis, elle prit une expression de stupeur.

— Cher ami ! s'exclama-t-elle. Si je m'attendais à vous rencontrer ici ! Que faites-vous à Dubrovnik ?

CHAPITRE XV

Coplan, son sourire le plus enjôleur aux lèvres, bifurqua vers le bar.

— Et vous ? dit-il, après avoir serré la main qu'elle lui tendait dans une attitude très femme du monde.

— J'avais une semaine de congé à prendre, expliqua-t-elle. J'ai opté pour le soleil de notre Riviera.

— Je suis en vacances, moi aussi, révéla Francis. Après ma mission de Belgrade, mon patron a bien voulu admettre que j'avais le droit de me reposer un peu. J'ai choisi Dubrovnik parce que tout le monde m'a fait l'éloge de la Perle de l'Adriatique.

— J'espère que vous n'êtes pas déçu ?

— Bien au contraire ! protesta-t-il. C'est merveilleux.

— Vous dites cela pour flatter mon amour-propre national ? minauda-t-elle.

— Mais non, pas du tout, je suis sincère. Dubrovnik et ses environs, c'est merveilleux, il n'y a pas d'autre mot.

— Vous qui êtes un grand voyageur, vous pouvez comparer.

— Justement, ponctua-t-il, je parle en connaissance de cause.

Il se hissa sur le tabouret qui était libre à côté de la jeune femme. Le barman en veste rouge s'approcha.

Francis, avec un détachement très sophistiqué, commanda un *Red Velvet*.

Le barman, décontenancé, posa un regard interrogatif sur Maria et lui dit quelques mots en serbo-croate. Maria se tourna vers Coplan.

— Il ne sait pas ce que c'est.

— Ah ! bon ? Mais c'est le cocktail en vogue au *Harry's Bar* de New York !

Avec un rire factice, Maria répliqua :

— Vous êtes trop cosmopolite pour un modeste barman de Yougoslavie, cher ami !

— Eh bien! qu'il en profite pour faire son éducation. Je vais lui donner l'occasion d'enrichir ses connaissances professionnelles.

Il s'accouda au bar, expliqua au serveur, avec gestes à l'appui :

— Un verre de Dubonnet, un zeste d'orange, un trait de champagne, un glaçon.

Maria traduisit. Le barman, le faciès empreint de gravité, opina et s'en alla préparer la mixture. Maria lui ordonna d'en confectionner deux exemplaires.

— Moi aussi, je dois faire mon éducation, murmura-t-elle.

Puis, gratifiant Coplan d'une caresse de sa

prunelle de velours, elle prononça sur un ton confidentiel, complice :

— J'espère que nous pourrons profiter de cette rencontre inattendue ?

Sur le même ton de connivence, Coplan glissa tout bas :

— Je l'espère aussi, mais... je ne suis pas seul.

— Vous n'êtes pas seul ?

— Je suis avec ma femme. Enfin, c'est une façon de parler. Quand je dis ma femme, vous me comprenez ? Une amie de Paris que j'ai emmenée pour agrémenter mes vacances.

— Je ne suis pas seule non plus, rétorqua-t-elle. L'ami qui m'accompagne est allé faire une course en ville. Je l'attends ici. Mais il y a toujours moyen de s'arranger, n'est-ce pas ?

— En ce qui me concerne, oui. Mon amie déteste les jeux de hasard, et je vais seul au casino de l'hôtel *Imperial*, le soir, vers les onze heures.

— Demain soir ? proposa-t-elle. Je vous attendrai devant le *Gradska*, le café qui se trouve à la Placa.

— C'est le café avec la grande terrasse en pierre, au rez-de-chaussée du Palais Municipal ?

— Oui.

— Mais..., où irons-nous ?

— Nous ferons une promenade que vous n'oublierez plus jamais. Là-haut, à la Zarcovica... Vous verrez, c'est un des plus beaux endroits du monde, et nous serons presque dans les étoiles.

Le barman vint déposer devant eux les deux cocktails demandés. Coplan but une gorgée, fit claquer sa langue et complimenta le barman en anglais.

— *O.K. Very good !*

Maria goûta également le breuvage et approuva :

— Délicieux, en effet.

Le barman s'étant éloigné, Maria questionna, d'une voix à peine audible :

— Et Stefan ? Est-ce que vous l'avez retrouvé, finalement ?

— Hélas ! non. C'est vraiment une histoire incroyable : personne ne sait ce qu'il est devenu !

— Vous croyez qu'il se cache à Dubrovnik ?

— Je ne vois vraiment pas ce qu'il ferait ici ! Non..., nous avons classé l'affaire. Il finira peut-être par donner de ses nouvelles. De toute façon, en ce qui me concerne, cela ne me regarde plus. Je suis en vacances.

A cet instant, un grand gaillard d'une trentaine d'années, au visage anguleux, aux yeux sombres et durs, aux cheveux bruns, vêtu d'un complet gris, s'approcha de Maria et lui toucha le bras en lui parlant en serbo-croate. La jeune femme lui répondit dans la même langue, puis se tourna vers Francis.

— Je vous présente mon ami Kiro Brocic. Il ne parle malheureusement pas le français.

Le nommé Brocic tendit sa main. Coplan la serra cordialement, invita le type à prendre un drink. Mais il secoua négativement la tête en disant :

— *Kvala.* (Merci.)

Sur quoi, il repartit vers la sortie.

Coplan regarda Maria et murmura :

— Il n'a pas l'air content, votre ami. J'espère que vous n'allez pas avoir d'ennuis à cause de moi ?

Elle eut un rire désinvolte.

— Aucun danger ! assura-t-elle. Je suis une femme libre, ne l'oubliez pas. Kiro est un camarade de vacances, rien de plus.

Elle prit dans son sac un paquet de Winston à bout filtre, en retira une cigarette. Coplan lui donna du feu avec son briquet.

Dans une bouffée de fumée bleue, elle s'enquit :

— Depuis quand êtes-vous ici ?

— Depuis une dizaine de jours. J'ai d'ailleurs exploré toute la région.

— Ce n'est pas votre Côte d'Azur, mais c'est quand même joli, n'est-ce pas ?

— Très joli.

— Avez-vous fait des promenades en mer, autour des îles ?

— Pas encore. Ce sera l'objectif de ma dernière semaine.

Elle opina, vida son verre, se prépara à prendre congé.

— A demain soir, sans faute ? fit-elle tout bas.

— Sans faute, promit-il.

— Vous verrez, répéta-t-elle, ce sera une promenade inoubliable.

— Je n'en doute pas. Je vous dois déjà une soirée inoubliable à Belgrade.

— Ce sera mieux, affirma-t-elle en tendant sa main.

*
* *

Quand Francis arriva dans sa chambre, Lisa s'y trouvait déjà. Assise sur le lit, elle méditait, d'un air vaguement soucieux.

— Figure-toi que j'ai rencontré une amie dans le hall, lui annonça Coplan.

— Je sais, dit-elle. J'ai vu... Si nous allions faire un tour avant le dîner ?

— D'accord.

Ils quittèrent l'hôtel et, bras dessus, bras dessous, ils descendirent vers la vieille ville. Lisa murmura :

— J'ai vu la gueule du loup.

— Pas de doute, ils ont mobilisé leur arme de choc, ricana Francis.

— Elle a fait ses preuves. Après Daraux, c'est ton tour.

— Oui, et elle y va rondement. Il ne lui a fallu que cinq minutes pour me proposer un rendez-vous nocturne. Demain soir, à onze heures.

— Tu n'as pas accepté, je suppose ?

— Mais si ! N'oublie pas que je désirais déjà lui dire deux mots en tête à tête, à Belgrade. J'ai sauté sur l'occasion.

— Mais c'est de la folie, voyons ! protesta Lisa, désemparée. Si tu lui laisses l'initiative, jamais nous ne serons en mesure de te couvrir.

— Nous allons nous organiser. Dès demain, tu verras nos amis et tu les mettras au courant. La balade est prévue à destination de la Zarcovica. Tu me rapporteras un émetteur de poche, un automatique et deux ou trois choses que je t'indiquerai.

— C'est un guet-apens, articula sombrement Lisa. Tu n'auras même pas le temps de te défendre.

— Fondane et Legay devront louer une bagnole. Moi, fais-moi confiance, j'ouvrirai l'œil et je ne me laisserai pas déborder. Je reconnais qu'il y a un risque, mais je le prends. A la Zarcovica, nous ne serons pas loin de notre refuge de Bosanka. C'est une occasion unique.

— Méfie-toi, Francis. Cette femme en sait peut-être plus que tu ne l'imagines.

— Oh ! je ne me fais pas d'illusions à son sujet ! Elle sait très bien que je ne suis pas en vacances et que ce n'est pas pour respirer l'air pur que je suis à Dubrovnik. Par contre, elle ignore à quel point je suis documenté sur son rôle dans cette affaire. La lutte sera peut-être chaude, mais j'estime que nos chances, au départ, sont égales. Que le meilleur gagne !

CHAPITRE XVI

La nuit était superbe. Dans le ciel sombre, criblé d'étoiles, un mince croissant de lune brillait. L'air était tiède, chargé de senteurs florales et du léger parfum iodé de la mer.

A l'heure convenue, Coplan, en blazer bleu marine, arriva devant le café *Gradska*. A l'exception de quelques jeunes gens désœuvrés qui bavardaient près de la tour de l'Horloge, la Placa était déserte.

Maria, qui faisait probablement le guet, déboucha de l'une des galeries couvertes qui donnent sur la place.

— J'espère que je ne vous ai pas fait attendre ? dit-elle en souriant.

— Non, j'étais un peu en avance.

— Quelle merveilleuse nuit, n'est-ce pas ?

— Une vraie nuit de rêve... C'en est une, d'ailleurs, quand on pense à la somme de petits miracles qu'il a fallu pour que nous nous retrouvions ensemble à Dubrovnik par une belle nuit de mai ! On ne devrait jamais cesser de croire aux contes de fées !

Maria n'avait rien négligé pour être au sommet de sa beauté. Vêtue d'une robe en lainage bleu foncé qui moulait admirablement ses formes parfaites, le cheveu dru et luisant, le visage doré, les lèvres humides, sans la moindre trace de maquillage, elle aurait subjugué le plus misogyne des hommes. Elle arborait une expression enjouée, heureuse, hardie, mais Francis, qui savait à quoi s'en tenir, la sentait tendue.

— Venez, souffla-t-elle en lui prenant le bras. Ma voiture est sur la place de Ploce.

Ils grimpèrent sans hâte la rue qui longeait les remparts.

Coplan questionna :

— Quel odieux mensonge avez-vous inventé pour vous débarrasser de votre ami Kiro ?

— Je ne mens jamais, affirma-t-elle sur un ton ironique. Mon ami participe au banquet annuel des Compagnons de la Ligue. Je savais que sa soirée serait prise.

— Où a-t-il lieu, ce banquet ?

— Mais voyons, à l'*Excelsior !* Vous n'avez même pas remarqué que la grande salle du sous-sol était interdite aux clients de l'hôtel ? C'est une réunion politique importante, avec orchestre et discours.

— Que fait-il, votre ami ?

— Il est sous-secrétaire à la Commission fédérale de Belgrade. C'est un garçon d'avenir... Mais vous êtes bien curieux, pour un touriste en vacances. Qu'avez-vous fait, aujourd'hui ? Je ne vous ai pas aperçu de toute la journée.

— Je pourrais vous dire la même chose, rétorqua-t-il en souriant. J'ai passé la matinée à faire le lézard sur la plage de l'hôtel. L'après-midi, je suis allé faire une promenade avec mon amie du côté de Cilipi.

— Nous aurions pu nous rencontrer. Mon ami Kiro m'a emmenée chez des amis à lui qui sont en vacances à Cavtat, c'est une petite station balnéaire qui se trouve à une quinzaine de kilomètres d'ici. Vous connaissez ?

— C'est le petit patelin où il y a un mausolée ?

— Oui.

— Nous y sommes allés la semaine dernière. A force de visiter la région, on finit par mélanger tous les noms.

Ils franchirent le pont-levis, débouchèrent sur la place de Ploce où quelques noctambules déambulaient tranquillement.

Coplan fit observer :

— Les nuits sont calmes à Dubrovnik.

— A cette saison-ci, oui. Mais attendez le mois de juillet ! Quand c'est le festival, c'est la cohue jusqu'à deux heures du matin. Et le festival dure deux mois ! Les amateurs de théâtre en plein air viennent du monde entier.

Elle guida Francis vers un parking aménagé dans un recoin de l'esplanade, s'arrêta devant une Taunus blanche, immatriculée à Belgrade.

La main sur la portière, elle esquissa un mouvement de la tête.

— Regardez là-haut... La petite lumière au sommet de la montagne. C'est là que nous allons.

— J'ai fait cette promenade en autocar.

— C'est bien plus beau la nuit. En été, les

amoureux de Dubrovnik vont là-haut pour se dire des choses tendres. Les gens sont restés très romantiques, dans cette région.

Elle s'installa au volant, et Coplan prit place à côté d'elle. Au moment de mettre le moteur en marche, elle demanda à voix basse :

— Vous aimez faire l'amour dans la nature ?

— Il y a bien longtemps que cela ne m'est plus arrivé.

— Moi, j'adore, gloussa-t-elle, avec une moue de ses lèvres sensuelles. J'ai apporté une couverture.

Elle lança le moteur, démarra.

La route goudronnée était bonne. Elle déroulait ses lacets au flanc de la montagne, faisant tournoyer sur le fond noir de la nuit les lumières de la côte qui scintillaient en contrebas.

Il y avait plus de voitures qu'on ne l'aurait cru. Coplan en fit la remarque à sa compagne.

— Oui, répondit-elle, pas mal de touristes vont contempler le panorama la nuit. Mais, rassurez-vous, je connais un coin où nous serons seuls.

Coplan, mine de rien, surveillait très attentivement l'itinéraire qu'empruntait la Taunus. Si Maria comptait sur l'ignorance de son passager pour le conduire ailleurs qu'à l'endroit prévu, elle allait au-devant d'une surprise désagréable. Car Coplan était prêt à réagir instantanément. S'il voulait éviter le piège, il devait conserver coûte que coûte l'initiative des opérations.

Après la traversée de Rijeka, la route monta vers Brgat.

C'était à la sortie de Brgat que se situait le

passage critique. Maria pouvait contourner ce village, filer sur Dubac et rejoindre la route de Cavtat. En prévision de cette éventualité, Fondane avait posté sa voiture non loin de l'embranchement des deux routes.

Mais Maria, après un virage en épingle à cheveu, engagea la Taunus dans une voie secondaire, étroite et mal entretenue, qui menait effectivement au sommet de la Zarcovica.

Quelques minutes plus tard, elle freina, donna un vigoureux coup de volant vers la gauche, lança sa voiture dans un chemin de terre juste assez large pour permettre le passage de la berline. Celle-ci tangua dans des ornières, fut éraflée par les buissons qui bordaient le sentier, stoppa enfin.

Coplan plaisanta :

— C'est une jeep qu'il faudrait pour venir ici.

— Bah ! On s'en tire quand même, répondit Maria.

Elle coupa le contact, éteignit ses phares, se retourna pour prendre son sac et la couverture posés sur la banquette arrière.

Ouvrant la portière, elle mit pied à terre. Coplan descendit à son tour.

— Ecoute, chuchota-t-elle, on entend le silence.

Ils restèrent immobiles et silencieux. Maria respirait avec volupté l'air pur de la nuit.

Coplan contourna la Taunus, s'approcha de la jeune femme, l'enlaça, lui baisa les lèvres. Elle se dégagea très vite, secoua la tête.

— Ne soyez pas impatient, chuchota-t-elle. Venez...

Coplan n'était pas impatient. S'il avait embrassé la fille, c'était dans un but très précis : se rendre compte si elle était aussi décontractée qu'elle en avait l'air.

En réalité, elle avait les nerfs surtendus, et elle était en proie à une sorte de fébrilité interne qu'elle avait bien de la peine à dominer.

Coplan devina que l'instant fatidique approchait.

Maria répéta :

— Venez.

S'enfonçant dans le maquis, elle guida Francis vers une minuscule clairière entourée de bosquets touffus, à vingt ou trente mètres de la Taunus. Sous un arbre au feuillage en boule, elle déplia la couverture, l'étendit à même le sol sablonneux, posa son sac sur la couverture.

— N'est-ce pas ravissant ? souffla-t-elle.

D'un mouvement souple, elle fit passer sa robe par-dessus sa tête et elle apparut absolument nue dans la demi-obscurité, somptueuse statue de chair pâle et d'ombres capiteuses.

— Je n'avais rien en dessous, dit-elle tout bas. Même pas de slip ! J'adore être nue sous ma robe. Déshabillez-vous.

Elle voulut s'asseoir sur la couverture, mais Coplan, plus prompt, la saisit dans ses bras, l'étreignit, lui prit les lèvres avec une impétuosité virile irrésistible.

Elle tenta de résister à ce baiser profond et brûlant, mais elle céda et elle ferma les yeux.

Coplan, d'un geste subtil de la main droite, détacha le stylo qu'il avait placé dans la poche intérieure de son blazer bleu marine. Puis, décollant brusquement sa bouche de celle de Maria, il plaqua sa main gauche sur les lèvres de la fille, enfonça sèchement la pointe de son stylo dans le flanc droit de la femme.

Elle essaya de se débattre, mais en vain. Il la tenait prisonnière, le bras solidement passé autour de sa taille flexible. Dix secondes s'écoulèrent. Ils formaient un étrange tableau ! Elle, nue et abandonnée, lui l'étreignant avec force et la serrant étroitement contre lui.

Il la sentit mollir, devenir pesante. Il attendit encore dix secondes, puis il retira la pointe du stylo plantée dans la chair et il souleva le corps inerte pour le déposer en douceur sur la couverture.

Les sens aux aguets, il retira de sa poche latérale l'émetteur en forme d'étui à cigarettes, porta l'objet tout près de ses lèvres et articula, d'une voix à peine distincte :

— F.X.18... Intervention terminée... Rendez-vous près de la Taunus. Gare aux complices qui ne doivent pas être loin.

Il replaça l'émetteur dans sa poche, ramassa la robe de Maria, en recouvrit la nudité de la fille, se coucha à plat ventre à côté d'elle sur la couverture, prit le petit automatique plat logé dans le creux de son aisselle gauche.

Sept ou huit minutes plus tard, un crissement troubla le silence. Quelqu'un s'approchait de la clairière. Les branches des buissons remuèrent.

Coplan, à l'affût, distingua deux silhouettes qui progressaient avec d'infinies précautions.

Tout à coup, renonçant à leur prudence, les deux silhouettes s'avancèrent dans la clairière. Un des arrivants vint se pencher sur les deux corps étendus côte à côte sur la couverture.

Coplan, comme sous l'action d'un ressort d'acier, bondit et gratifia l'inconnu d'un terrifiant coup de crosse à la pointe du menton. Puis, dans le même élan, il se propulsa vers l'autre type et le percuta, tête en avant, au creux de l'estomac. Sous l'impact de cet obus humain, le bonhomme hoqueta et alla dinguer jusqu'au bord de la clairière, où il resta étalé sur le dos, sans connaissance.

Des craquements de branches et de sourdes vociférations se firent entendre alors du côté de la Taunus.

Coplan, l'arme au poing, fila dans cette direction et vit une ombre qui fuyait entre les buissons. Il se porta à sa rencontre et arriva à point nommé pour accueillir un lascar vêtu de gris qui tentait de s'échapper. Il le reçut littéralement dans les bras, lui assena un coup de crosse en plein front, complété par un bon coup de genou au bas-ventre. Le malheureux s'effondra, sonné.

Fondane et Legay s'amenaient au galop. Coplan les rassura :

— Votre fugitif est au tapis, et je vous garantis qu'il a son compte. Combien étaient-ils au total ?

Legay jeta :

— Quatre. Dans une Ford qui suivait la Taunus.

— Dans ce cas, l'effectif est au complet. J'en ai endormi deux dans la clairière où la fille m'a conduit.

Fondane questionna :

— Quel était le stratagème ?

— J'ai préféré agir le premier, ricana Francis. Mais je suis presque certain que nous avions eu la même idée : la piqûre.

Legay enchaîna :

— Pardi ! c'était à prévoir. Les deux zèbres qui ont liquidé Lucar trimbalaient eux aussi le matériel approprié. Ces gens-là sont pour les techniques modernes.

— Bon, ce n'est pas le moment de discuter, trancha Coplan. Je me charge de Maria et de la Taunus. Vous, occupez-vous des autres et de leur bagnole. Nous nous retrouvons chez Jozip. Maintenant, c'est l'heure de la vérité !

CHAPITRE XVII

Par la petite route que la Volkswagen avait empruntée la veille, Coplan, au volant de la Taunus blanche, prit la direction de Bosanka. Maria Vazina, rhabillée tant bien que mal, dormait sur la banquette arrière.

Arrivé à la ferme de Jozip Dagulic, Francis gara la Taunus dans un hangar, derrière un tracteur. Ensuite, transportant sa prisonnière dans ses bras, il gagna la maisonnette que le fermier avait mise à la disposition des amis de son cousin Stefan.

Avant de faire de la lumière dans la bicoque, Coplan vérifia si les volets de bois des petites fenêtres étaient bien fermés. Rassuré sur ce point, il tourna le commutateur et une pâle clarté jaunâtre éclaira la pièce.

Agissant avec calme et méthode, Francis s'occupa de nouveau de Maria, étendue sur le lit. Il lui ligota les poignets et les chevilles, inspecta le contenu de son sac à main. D'abord étonné de ne pas y trouver ce qu'il cherchait, ce n'est qu'au bout de dix minutes qu'il découvrit, dans le paquet de Pall Mall, une cigarette qui n'était pas comme les autres. Et pour cause : on y avait dissimulé une minuscule seringue effilée, remplie d'un liquide blanchâtre.

Les soupçons de Coplan étaient donc bien justifiés : Maria comptait mettre à profit la torpeur bienheureuse qui succède au paroxysme de l'étreinte pour endormir son partenaire. Sous le prétexte de prendre ses cigarettes, elle n'aurait eu qu'à prendre la seringue toute prête.

Coplan, satisfait, glissa l'instrument dans la poche de poitrine de son blazer.

Quelques instants plus tard, Fondane et Legay arrivèrent.

Jean Legay, toujours bourru, maugréa :

— Tout cela, c'est très joli, l'obscurité nous protège. Mais demain matin, quand il fera jour, nous serons repérés en moins de deux.

Coplan répliqua :

— Ne te tracasse pas, la question sera réglée d'ici là. Commençons par décharger la marchandise.

Les quatre complices de Maria furent portés dans la maisonnette, ligotés, bâillonnés, couchés sur le sol. Coplan ne fut pas surpris de reconnaître parmi eux le nommé Kiro Brocic, l'ami de Maria, qui était supposé banqueter à l'*Excelsior*.

L'inventaire des papiers que les trois autres trimbalaient dans leur portefeuille fit tiquer Francis. Un de ces individus, un certain Pojner, était porteur d'une carte attestant qu'il appartenait à l'U.D.B.A. (1).

— De mieux en mieux, ricana Coplan. Nous avons vraiment toute la meute à nos trousses. Non seulement la K.O.S., mais aussi l'U.D.B.A.

Legay, revenant à son idée, grommela :

— Il faut en finir tout de suite. Battre le fer tant qu'il est chaud. La disparition de cette souris et de ces quatre types va provoquer un branle-bas du tonnerre de Dieu, vous pensez ! Si ça se trouve, les flics vont épingler tous les étrangers qui sont dans le secteur pour procéder à des vérifications d'identité. Nous serons marron sur toute la ligne.

Coplan secoua négativement la tête.

— Non, dit-il, ils ne mettront pas le paquet tout de suite. A mon avis, ils laisseront passer au moins vingt-quatre heures avant d'alerter toutes les polices de la région. Etant dans le cirage intégral, ils se donneront un délai, dans l'espoir d'avoir des nouvelles.

Fondane approuva :

— C'est aussi mon avis. Car, enfin, il ne faut pas perdre de vue que leur action à l'encontre du citoyen français Carpin ne ressemblait absolument pas à une action légale.

Coplan opina :

— Evidemment. S'ils avaient voulu m'arrêter dans les formes admises, ce serait déjà chose faite. Le clan de Cavtat me paraît aussi désireux que nous de rester dans la clandestinité. L'assas-

(1) Organisme yougoslave de sécurité et de renseignement.

sinat de Lucar et celui de Daraux le prouvent clairement.

Il ajouta :

— D'ailleurs, je ne vois pas comment nous pourrions attaquer leur P.C. de Cavtat à cette heure-ci. Pour réussir un coup pareil, il faut choisir le moment propice.

Fondane approuva derechef :

— J'ai déjà réfléchi à ce problème. Le seul moment favorable, c'est vers dix heures du soir, quand les domestiques sont partis. D'après mes observations, Stalanic et ses hôtes se couchent vers minuit. C'est toujours à cette heure-là que la lumière s'éteint dans le living et s'allume dans les chambres à l'étage.

Coplan prit sa décision.

— Mon premier objectif, c'est de mettre Maria sur la sellette. Et si cet interrogatoire ne donne rien, nous attaquerons le repaire de Cavtat demain soir, à vingt-trois heures. D'ici là, nous aurons encore des enregistrements et nous dresserons notre plan de bataille en conséquence... Toi, Jean, tu rentres à Dubrovnik avec la Ford et tu l'abandonnes du côté de Pile. Toi, Fondane, tu retournes à Cavtat. Lisa rétablira le contact demain dans la matinée.

***

Maria Vazina se réveilla d'elle-même, vers deux heures du matin, lorsque les effets de la drogue que Francis lui avait injectée s'estompèrent.

Elle battit des paupières, soupira, prononça quelques paroles incohérentes en serbo-croate, aperçut alors Coplan qui l'observait, accoudé au montant de bois, au pied du lit.

Francis murmura d'une voix égale :

— Finie, la petite sieste ?

— Où suis-je ? fit-elle, effarée. Que s'est-il passé ?

— Rien de grave, n'ayez crainte, chère amie. Vous vous êtes endormie au moment où j'allais connaître, une fois de plus, le bonheur dans vos bras. Vous étiez très fatiguée, je suppose ? Surmenée, peut-être ?

Les sourcils froncés, l'œil dur, Maria humecta machinalement, du bout de la langue, ses lèvres sèches.

— Pourquoi m'avez-vous attaché les pieds et les mains ? questionna-t-elle, la gorge un peu enrouée.

— Pour être tranquille, répondit Coplan, narquois. Nous avons pas mal de choses à discuter, figurez-vous. Tout à l'heure, quand nous nous sommes retrouvés à la Placa, vous m'avez affirmé que vous ne mentiez jamais. J'ai apprécié l'humour de cette boutade, sincèrement. Néanmoins, je tiens à vous prévenir que le temps des mensonges est passé. Autrement dit, je vous conseille de jouer cartes sur table. Pourquoi m'avez-vous attiré dans ce traquenard ?

— Vous êtes fou ! Je ne vous ai jamais attiré dans un traquenard.

Coplan exhiba la cigarette qui contenait la seringue.

— Vous ignoriez la présence de cet instrument dans votre sac ? ironisa-t-il.

— Je n'ai jamais rien eu de pareil dans mon sac, affirma-t-elle crânement.

Coplan contourna lentement le lit, vint se pencher au-dessus de la jeune femme, lui balança deux gifles retentissantes en pleine figure.

— Méfiez-vous, Maria, siffla-t-il, je n'aime pas qu'on se moque de moi. Depuis notre rencontre à Belgrade, vous n'avez pas cessé de me raconter des balivernes. J'estime que cela suffit, et j'attire votre attention sur un petit fait qui vous a peut-être échappé : votre vie est entre mes mains.

Il la gifla de nouveau à la volée, non point par sadisme, mais pour briser la résistance qu'elle tenterait d'opposer.

— Alors, maugréa-t-il, quel est votre rôle dans toute cette histoire ? Vous ne vous occupez plus d'action clandestine ? Vous n'avez pas lancé les hommes de la K.O.S. à mes trousses ? Vous n'avez pas entraîné Pierre Daraux dans un guet-apens où il a laissé sa peau ? Vous n'êtes pas en cheville avec Stalanic, avec des agents de l'U.D.B.A. ?

Avec un cran et une vélocité qui révélaient son tempérament combatif, Maria replia ses jambes entravées, les déplia en visant la tête de Coplan. Celui-ci, toujours sur ses gardes, esquiva le coup, empoigna les mollets de la fille, les ramena sur le lit. Mais Maria, indomptée, tenta alors d'envoyer un coup de tête à son interlocuteur. Mal lui en prit. D'une tape très sèche sur le front, Francis la renvoya sur le dos.

Le seul résultat de cette brève tentative de rébellion, c'est que la robe en lainage s'était retroussée généreusement et dévoilait avec indécence l'intimité de la prisonnière.

D'un geste sec, Coplan ramena la robe sur les cuisses de la jeune femme.

— A l'avenir, grinça-t-il, mettez quand même un slip. On ne sait jamais ce qui peut arriver... Je sais que vous n'avez pas honte de votre beauté, bien au contraire, mais vous avez beau compter sur vos charmes, cela ne m'empêchera pas de vous liquider sans remords si je juge que vous ne m'êtes pas utile. Ou bien vous parlez, ou bien votre carrière de vamp se termine ici même, avant le lever du soleil.

— Je n'ai rien à vous dire, articula-t-elle, hargneuse. Vous êtes un homme plein de courage et d'audace, mais la foudre va tomber sur vous, et vous ne vivrez pas longtemps après moi.

Coplan adopta un ton plus conciliant :

— Ne vous obstinez pas, Maria. Vous avez joué, vous avez perdu. Pourquoi refusez-vous de parler ? Nous étions des amis, n'est-ce pas ? Vous avez travaillé pour mon pays, et je ne comprends pas pourquoi vous êtes devenue hostile à la France. Que signifie votre manœuvre de ce soir ? Pourquoi avez-vous supprimé Daraux ? Vos complices, parmi lesquels se trouve Kiro Brocic, sont là, étendus par terre, ficelés et bâillonnés. Si vous espérez du secours de ce côté-là, c'est fichu. Alors ? Expliquons-nous.

— Je n'ai rien à vous dire. Tuez-moi si vous voulez, mais je ne parlerai pas. Tout ce que je sais, c'est que vous ne sortirez pas vivant de mon pays.

Coplan demeura impassible. Rien qu'à voir la flamme sombre qui brillait dans les prunelles noires de Maria, il avait la quasi-certitude qu'elle ne flancherait pas. C'était une vraie Yougoslave.

Cependant, il voulut faire une ultime expérience. Il alla chercher, dans la pièce voisine, la valise qui contenait le magnétophone.

— Ecoutez ceci, dit-il, en mettant l'appareil en marche.

Maria, silencieuse, les traits figés, écouta la reproduction des conversations qui avaient eu lieu dans la maison de Stalanic, à Cavtat.

Quand le silence retomba, Francis maugréa :

— Vous le voyez, nous finirons par découvrir la vérité. Ne soyez pas têtue et ne sacrifiez pas votre vie pour rien. Vos aveux resteront entre nous, je vous le promets.

— Vous perdez votre temps, jeta-t-elle, méprisante.

— Tant pis pour vous, riposta-t-il en haussant les épaules.

***

Le lendemain, Lisa arriva à Bosanka vers dix heures du matin. Jean Legay s'était débrouillé pour la contacter et la mettre au courant de ce qui s'était passé à la Zarcovica.

Coplan, qui n'avait pas fermé l'œil de la nuit, surveillait le chemin entre la maisonnette et la ferme. Il intercepta son amie.

— Inutile de te montrer, lui dit-il. Maria et ses quatre complices sont réveillés.

— Elle a parlé ? demanda Lisa.

— Non. C'est une tête de mule. Ni les menaces ni les promesses ne l'ont fait changer d'avis. Nous n'avons plus le choix : nous devons attaquer leur repaire de Cavtat. Je n'ai pensé qu'à cela toute la nuit, et je vais t'expliquer mon plan. De toute manière, c'est un quitte ou double, et le temps travaille contre nous. Si nous loupons le coche, nous sommes flambés.

CHAPITRE XVIII

De sa vie, Coplan n'avait préparé une opération avec tant de soin et tant de minutie.

L'heure H ayant été fixée à 23 heures précises, Francis et Lisa restèrent à l'écoute jusqu'à 22 h 45, cachés dans les buissons, recevant en direct les conversations qui se tenaient dans la maison de Stalanic.

Lisa, qui traduisait au fur et à mesure les paroles recueillies par les micros, confirma les prévisions de Coplan. Stalanic et ses amis, déconcertés par la disparition et le silence de Maria Vazina, élaboraient un plan de recherches pour le lendemain. C'était surtout Dusan Velinov qui prêchait la patience et exhortait ses compatriotes à faire confiance à l'habileté de Maria.

A 22 h 50, tandis que Lisa restait seule dans sa cachette pour suivre le déroulement de l'attaque par le truchement du récepteur, Francis entrait en liaison avec Suzy Lorelli, chargée de monter la garde dans les parages de la villa blanche.

— Tout va bien, annonça Suzy. Le secteur est parfaitement calme.

— Bon, dit Coplan, je me mets en route. Donne le signal à Fondane et à Legay.

Un sérieux avantage pour le petit commando français, c'était le fait que leur première incursion dans la résidence secondaire de Stalanic avait été une sorte de répétition générale. Ils connaissaient la disposition des lieux et les voies d'accès.

Ils firent leur jonction dans le jardin même de la maison blanche.

A 23 heures, Coplan, l'arme au poing, prit la tête du trio.

Plus silencieux que des fantômes, les trois agents du S.D.E.C., émergeant de l'ombre du jardin, progressèrent vers la porte latérale du pavillon, celle qui donnait accès à l'office. Comme on pouvait l'espérer, cette porte n'était pas fermée à clé, et Francis ne dut même pas recourir à son passe-partout.

Une fois dans la place, ils s'immobilisèrent, l'oreille tendue. Au bout du vestibule central, du côté opposé à l'office, la clarté du vaste salon se reflétait par la porte entrouverte. On percevait les voix des quatre Yougoslaves qui parlaient et discutaient.

D'un signe de la tête, Coplan fit comprendre à ses deux assistants que c'était le moment d'y aller.

Ils longèrent le vestibule, et Francis, d'un geste vif, poussa le battant de la porte entrouverte, pénétra dans la pièce, instantanément imité par Fondane et Legay qui exhibaient également un automatique.

L'apparition soudaine des trois Français dans le salon paisible plongea les quatre occupants de la villa dans une stupéfaction indescriptible.

Coplan déclara, d'une voix ferme et très sèche :

— Messieurs, le premier d'entre vous qui tentera de bouger sera abattu immédiatement. Restez assis où vous êtes. Nous avons des amis qui font le guet à l'extérieur, et votre amie Maria Vazina, actuellement entre nos mains, nous servira d'otage.

Un silence de mort succéda à ce bref discours.

Les quatre Yougoslaves, pétrifiés, médusés, ne bronchèrent pas. Assis dans des fauteuils, autour d'une table basse sur laquelle trônaient deux bouteilles de whisky, une bouteille d'eau minérale et des verres, ils dévisageaient les trois Français d'un œil subjugué.

D'instinct, Coplan identifia Stalanic. C'était bien le beau mâle que le jeune Michel Kosic lui avait décrit : grand, athlétique, avec un visage viril sans mièvrerie. Il portait un polo de coton blanc et un pantalon de toile bleue.

Francis l'interpella :

— Vous êtes Marco Stalanic, je suppose ?

— Oui.

— Dites à vos amis que s'ils esquissent le moindre mouvement de résistance, ils seront exécutés sans pitié.

Stalanic communiqua cet avertissement en serbo-croate à ses hôtes.

Fondane, passant son automatique à Legay, s'avança vers Stalanic, lui lia les poignets dans le dos, puis les chevilles. Il répéta la même opération sur les trois autres Yougoslaves, reprit ensuite sa place près de la porte et récupéra son arme.

Coplan, s'adressant de nouveau à Stalanic, lui ordonna :

— Présentez-moi vos trois amis.

Stalanic, désignant successivement ses hôtes de la tête, énonça sur un ton calme :

— Dusan Velinov, Vasil Kostofic, Djuro Mikovic.

— Parfait, acquiesça Francis. Mon cher Stalanic, vous comprendrez sans peine que je dispose de très peu de temps, compte tenu de ma position délicate. D'autre part, comme je vous le disais il y a un instant, la vie de Maria Vazina ne tient qu'à un fil. Si je ne suis pas en lieu sûr avec mes deux compagnons à une heure du matin, Maria sera liquidée, et ses quatre complices également. Par conséquent, vous avez intérêt à vous expliquer sans trop tarder.

Tout à coup, le nommé Mikovic se mit à vociférer des mots incompréhensibles. Coplan reconnut la voix de celui que les autres appelaient colonel.

— Dites-lui de se taire, jeta Francis à Stalanic.

Stalanic obtempéra, appuyé par Velinov et par Kostofic. Mais l'officier, obstiné et furibond, continua à donner libre cours à sa colère.

En deux foulées souples et rapides, Coplan se propulsa vers le colonel et lui assena un coup de crosse sur le crâne.

Dusan Velinov s'écria en français :

— Monsieur Coplan ! Ne faites pas de bêtises,

je vous en prie ! Tout acte de violence se retournerait tôt ou tard contre vous.

Le colonel, un peu groggy, n'en continuait pas moins à grommeler des invectives.

Dusan Velinov reprit :

— Laissez-moi me mettre d'accord avec mes amis, monsieur Coplan. Au point où nous en sommes, la diplomatie nous sera plus utile à tous que la brutalité.

— Soit, je vous donne deux minutes, accepta Coplan.

Les quatre Yougoslaves se mirent à discuter entre eux. Finalement, Dusan Velinov, regardant Francis droit dans les yeux, prononça :

— Nous savons que vous êtes un ami de notre pays, monsieur Coplan. Vous avez même reçu la plus haute distinction honorifique pour services rendus à la Yougoslavie. Pouvez-vous me donner votre parole d'honneur que vous ne divulguerez pas les révélations qui vous seront faites ici ?

— Oui, dans les limites de mes obligations professionnelles, opina Coplan.

— Si vous trahissez la parole donnée, vous serez exposé au pire châtiment, où que vous soyez.

— Si je ne respectais pas mes engagements, je serais mort depuis longtemps, monsieur Velinov.

— Vous êtes venu en Yougoslavie pour tirer au clair le cas de Stefan Lucar, n'est-ce pas ?

— Exactement.

— C'est nous qui l'avons dénoncé à la K.O.S., articula Velinov. Et nous nous sommes servis de renseignements que Lucar avait transmis à

M. Daraux, votre attaché commercial. Depuis le début, votre réseau de Belgrade était sous notre contrôle.

— Vous ne m'apprenez rien. Mais pourquoi avez-vous dénoncé Lucar ? Vous détruisiez du même coup votre position avantageuse.

— Nous nous sommes trouvés devant un cas de conscience très difficile à résoudre. Nous avons choisi le moindre mal.

— Qui, *nous ?*

— Le colonel Djuro Mikovic, ici présent, est le chef suprême d'une organisation de résistance formée à l'échelon national, organisation qui s'appelle *Patrie libre...* Les Yougoslaves ne seront jamais les esclaves de la Russie impérialiste. Pour ne pas subir le sort des Roumains, des Tchèques, des Lettons et d'autres peuples malheureux, nous prenons les devants et nous préparons notre défense. Nous avons des hommes partout : dans l'armée, dans la police politique, dans les services de Renseignement, dans les commissions fédérales, dans les ministères, partout. Malheureusement, nous avons aussi des ennemis partout, des traîtres qui sont à la solde de Moscou. C'est à la suite d'une erreur commise par un de nos hommes que nous avons été obligés d'intervenir rapidement afin de brouiller les cartes. Un de nos adversaires a été informé des plans de réforme du Comecon. Les agents soviétiques, alertés, ont entamé des investigations qui pouvaient être fatales à certains de nos amis. Si la vérité avait éclaté, notre principal réseau aurait été décapité. Pour éviter ce désastre, nous avions à choisir entre deux solutions aussi pénibles l'une que l'autre : sacrifier un des nôtres ou compromettre délibérément Stefan Lucar. Nous avons choisi le second terme de l'alternative... Toutes les organisations clandestines ont dû résoudre de tels problèmes.

Coplan hocha la tête affirmativement. Velinov poursuivit :

— Nous avons fait tout ce que nous avons pu pour limiter les dégâts. Le procureur Kostofic, après un délai de quatorze mois qui a permis de noyer l'affaire et d'écœurer les agents de Moscou, a réussi à sauver la vie de Lucar. Entre-temps, la réforme du Comecon a dépassé le point critique où nous avons failli être attaqués par les chars russes, et Lucar a été remis en liberté. Sans votre intervention, tout serait rentré dans l'ordre. Malheureusement, vous êtes un homme opiniâtre. Nous avons fait le maximum pour vous ménager, mais comme vos démarches devenaient trop dangereuses pour notre organisation, nous nous étions résignés à trancher dans le vif. Nous n'avions plus le droit de mettre en péril l'avenir de notre pays pour protéger un seul individu, fût-il un ami de notre patrie.

Coplan resta pensif un moment.

— Que vous ayez fait assassiner Stefan Lucar, je peux le comprendre. Et même l'admettre, compte tenu de vos responsabilités. Mais Daraux ? Il trahissait la France à votre profit. Pourquoi l'avoir liquidé ?

— Là aussi, nous avons eu un cas de conscience. Daraux nous avait prévenus que, si nous attentions à votre vie, il irait tout avouer à Paris. Ce chantage, qui est sans doute à son honneur, nous ne pouvions l'accepter.

Il y eut un silence. C'est Marco Stalanic qui le rompit en déclarant :

— A présent que vous savez tout, faisons la paix, monsieur Coplan. Il faut que cette situation soit réglée le plus vite possible. Notre affrontement peut provoquer des incidents qui rejailliraient sur notre organisation.

Le colonel se mit brusquement à débiter une longue série de phrases vindicatives. Stalanic reprit :

— La France flirte avec Moscou, et le colonel vous met en garde : en cas d'indiscrétion, nos hommes vous retrouveraient.

— Dites-lui qu'il n'a rien à craindre à ce sujet, répondit Francis. Dites-lui aussi que je reste un ami sincère de la Yougoslavie et que je suis de tout cœur avec l'organisation qu'il dirige. Bien entendu, je suis forcé de prendre quelques précautions pour le cas où il changerait d'avis en ce qui me concerne. S'il m'arrivait un malheur avant mon départ de ce pays, ce serait une catastrophe pour *Patrie libre*.

Stalanic traduisit. Le colonel répliqua quelques mots, que Stalanic traduisit pour Coplan :

— Vous avez sa parole de soldat. Et il désire vous serrer la main.

Coplan rengaina son automatique, alla défaire les lacets de cuir qui entravaient les poignets et les chevilles de l'officier. Les deux hommes se serrèrent la main, gravement.

Ensuite, Francis libéra les trois autres Yougoslaves. S'adressant à Velinov, il lui annonça :

— Maria Vazina et vos quatre compatriotes seront ici dans une heure. Plus tard, je ferai savoir directement à Maria où se trouvent les cadavres de Lucar et des deux agents de la K.O.S. qui l'ont exécuté. A vous de vous débrouiller pour légaliser ces trois décès.

*
* *

A Bosanka, Coplan, avant de délivrer Maria Vazina, toujours étendue sur le lit rustique, pieds et poings liés, lui demanda sur un ton ironique :

— Pourquoi avez-vous refusé mon offre de reprendre du service au profit du S.D.E.C. ? C'était une belle occasion de reprendre le contrôle de notre réseau pour le compte de *Patrie libre*.

Maria ne répondit pas. Coplan se pencha sur elle, lui donna un léger baiser sur les lèvres.

— Soyons amis, dit-il. J'ai signé la paix avec Stalanic et Velinov, et j'ai échangé une poignée de main avec le colonel Djuro Mikovic, votre chef.

Il débarrassa la jeune femme de ses liens. Elle s'ébroua, murmura :

— Si j'avais accepté votre offre, vous m'auriez fait surveiller. Je ne suis pas folle ! J'avais besoin de toute ma liberté de mouvement pour notre cause.

— Au fond, je ne m'étais pas trompé sur votre compte, conclut Francis. Vous êtes une fille bien.

Dommage que les circonstances nous aient dressés l'un contre l'autre pendant mon séjour ici. Enfin, c'est du passé. J'espère que nous nous reverrons en France. J'ai droit à une séance dans la nature, ne l'oubliez pas.

— Quand vous voudrez, répliqua-t-elle. J'étais en service commandé, mais ce n'était pas une mission désagréable.

— Aidez-moi à délivrer vos amis. Votre Taunus est dans le voisinage, mais je vais vous demander la permission de vous bander les yeux à tous pour sauvegarder l'incognito de notre camarade ici. Vous serez tous ramenés à Cavtat où Marco vous attend.

***

Le lendemain soir, dans une petite maison bourgeoise de Split, Coplan faisait ses adieux à Lisa.

— Je penserai souvent à toi, lui dit-il, plus ému qu'il ne le laissait voir. Tiens, prends ma montre. Elle te servira à récupérer le matériel entreposé chez Jovis, le moment venu. Je ne te souhaite pas bonne chance, je te dis m...

Lisa, très pâle, murmura :

— Adieu, Francis. Embrasse-moi.

Vingt-quatre heures plus tard, Coplan prenait l'avion de Paris en compagnie d'une jeune femme dont le passeport était établi au nom de Lisa Vasilevic. Mais la photo qui ornait le carnet de voyage n'était pas celle de Lisa.

Durant tout le voyage, Francis ne desserra pas les dents.

Il avait un cafard terrible. La vraie Lisa, *sa femme,* lui manquait.

FIN

Achevé d'imprimer en mai 1984
sur les presses de l'imprimerie Bussière
à Saint-Amand (Cher)

— N° d'Impression : 953. —
Dépôt légal : juillet 1984.

Imprimé en France

PUBLICATION MENSUELLE